網雅吟選

網路古典詩詞雅集徵詩活動精選集

網路古典詩詞雅集管理團隊◎編輯

目次

序

國民政府遷臺後，于右任、賈景德二老目睹台灣詩壇盛況，讚嘆有加，譽為「詩的王國」。嗣後惜因平仄教學等問題，傳統詩日益陷於低調。幸有各地後賢群彥不畏艱辛力挽狂瀾，長期耕耘之下，遂使台灣詩壇喬木嚶鳴，友聲賡和，展現蓬勃復甦景象。邇來尤以網路古典詩詞雅集之開闢，配合現代先進之科技，超越時間空間限制，不分華洋遠津近浦，響應何其熱烈，其影響所及，豈啻國內而已！

網路古典詩詞雅集五年以來舉辦徵詩三十餘次，無論寒暑切磋不斷，徵詩內容包含五七言絕律、古風、詞、鐘，涵蓋廣泛，篇章豐富，於今積稿成帙，乃由雅集管理團隊輯為《網雅吟選》付梓。欣悉群彥雅舉，益信古人「不信東風喚不回」名句誠不我欺。今躬逢勝舉，不揣老拙，謹綴片言為序。

二〇〇七年盛夏　張國裕　謹誌於台北

序

詩人的雅集，已有了很久的歷史，如晉朝王羲之的〈蘭亭集序〉、唐朝李白的〈春夜宴桃李園序〉，都是記述雅集的好文章。後來文人的結社賡詩，應該是繼承了這種餘緒。

台灣歷經荷據、明鄭、滿清、日治，而至民國，漢文化之所以能延續不斷，其中詩社的成立和詩刊的發行，實功不可沒。台灣詩社的淵源，可追溯到明末的「復社」、「幾社」。當鄭成功在明永曆十五年（公元一六六一）克台時，有徐孚遠、張煌言、沈佺期、陳士京、盧若騰、曹從容等人，成立海外「幾社」。到了清代，明朝遺老沈光文和諸羅縣令季麒光等十四人，於康熙廿四年（公元一六八五）創立「東吟社」。有人認為「幾社」是台灣的第一個詩社，也有人認為「東吟社」才是台灣的第一個詩社。甲午戰後，清廷將台灣割讓給日本，為了承繼先賢的墜緒，延續斯文的文脈，詩社陸續創立。據連橫《台灣詩社記》所載，在民國十三年（公元一九二四）全台詩社有六十六所。又據《台灣通志稿學藝志——文學篇》

所載，在民國廿五年（公元一九三六）全台詩社有一百七十八所。如根據廖一瑾《台灣詩史》——〈台灣詩社繫年〉所錄，至民國卅二年（公元一九四三）全台詩社有二百七十七所（含年代不詳者）。可知如以人口及土地面積的比例計算，台灣是華人中詩社密度最高的地區。

這些詩社，每每利用雅集的機會，仿照刻燭、擊缽的故事，出題作詩，限體、限韻、限時交卷，然後由詞宗評出甲乙。他們所讀的是儒家經典，所崇奉的是孔子「溫柔敦厚」的詩教，而以「載道、言志」的社會關懷、兼善天下為創作目標。因此所有的作品，並不全然是純文學的創作。

我從年輕時就參與詩社活動，數十年來，雖然在這中間得到了許多寫作的訓練，但也發現了許多缺失。諸如在限題、限體、限韻、限時、限地，且思想、目標一致的情況下，作出來的作品，常常是內容雷同、千篇一律，總覺得它類似文字遊戲，與文學的實質還有一段距離。更有些廟集、婚喪、祝壽、生子、陞官、國家慶典等活動場合，也要附庸風雅一番，題目可說是「年年端午，歲歲中秋」，毫無新意，使人讀而生厭。私下總覺得社會已轉型，科技的發展突飛猛進，詩社故步自封的情況，應該也要跟著時代演進。

二〇〇二年八月，「網路古典詩詞雅集」突然邀請我為他們的徵詩擔任評選，並希望加注評語。這時孤陋寡聞的我才知道，我一直想要改革的傳統詩社擊缽方式，原來已由這一群年輕人在進行，那時的心境，真可用「樂不可支」來形容。「網路古典詩詞雅集」版主之一的楊維仁先生，是天籟吟社的總幹事，對於傳統詩社的集會與沿革應該頗為瞭解，相信能夠在「網雅」的徵詩活動中提供相當大的助力，且其為人謙和、做事負責，更能促使雅集管理團隊合作無間，一切活動進行得順利圓滿。

這個「網路雅集」以推展古典詩詞的創作為理念，在徵詩的辦法中，雖也相當程度參考傳統詩社的擊缽吟方式。但為了加強初學者對格律與寫作技巧的認識，而有了「新秀場徵詩」。為了融和學院與民間詩社的相輔相成，在三十四次的徵詩中，所聘請的四十位詞宗，涵蓋了大學的教授與詩社的前輩，在在都表現了主事者的良苦用心。

二〇〇三年二月，所出版的版主群作品集《網川漱玉》，讀後令人精神為之一振，從他們的簡介知道，大部份的人學詩時間都不長，而且大都是從網路得到啟發，作品固然有一部份尚覺嫩澀，但文學味卻比一般詩社的擊缽吟濃厚得多。在該集的序文中，張夢機教授曾給他們三點啟示：（一）詩貴各體悉備，不可偏嗜。（二）要彙新詞入詩，詩必具時代感。（三）詞之為體，蘊藉空靈，避粗獷叫囂，雄豪中帶婉約，矜嚴中有嫵媚。這三點不但是策勵「網雅」這些新秀，其實也是今日台灣詩社擊缽吟的針砭。

這些可愛的詩壇新葩，常結伴去拜謁張夢機教授和羅尚詩老，他們常從當今詩壇這兩位超級人物得到南針，以調整「網雅」的方向。我竊喜他們取經是找對山頭了，因兩位前輩都曾參與擊缽，且常掄元，並擔任過詞宗，對台灣詩社瞭若指掌。因此「網雅」增加了一般詩社所欠缺的古體詩和詞的徵選，並放寬限韻的拘束，使作品免淪於千篇一律的僵化。

在過去編印的台灣傳統詩社擊缽詩集，有民國廿三年（公元一九三四）曾笑雲編《東寧擊缽吟前集》、民國廿五年（公元一九三六）曾笑雲編《東寧擊缽吟後集》、民國五十三年（公元一九六四）周定山編《台灣擊缽詩選》、民國五十八年（公元一九六九）洪寶昆編《台灣擊缽詩選第二

集》、民國六十二年（公元一九七三）洪寶昆編《台灣擊缽詩選第三集》，這些詩集不但成了詩社寫詩的工具書，也為台灣的文化留下了史料。這次《網雅吟選》集「網路古典詩詞雅集」五年來歷次徵詩的選輯，雖然在寫作的功力及典故的運用，無法與前賢齊肩，但在想像與自由心靈的發揮，應該要比前賢寬廣得多，這是跟隨時代發展的產物，相信本書的出版，對初學者或詩友有觀摩切磋的價值，對台灣的文學史也有所貢獻。

二〇〇七年歲次丁亥荔月　曾人口　敬識於雲林古下湖

出版緣起

李正發

「徵詩」，本來是件再平常不過的事。但是，以網路徵詩，且逾五年之久，就不可不說是一項創舉了。《網雅吟選》，正是【網路古典詩詞雅集】創立五年多以來，歷次的徵詩輯選。

【雅集】徵詩活動緣於二〇〇二年夏季，當時為了配合【雅集】半年網聚，於是在七月十一日公布【雅集】的第一次徵詩活動。當時參與的詩友超乎預期中的踴躍，這讓雅集管理團隊感到無比的振奮，也因此開始擬訂後續的徵詩活動辦法。經過討論後決定，原則上每季徵詩一次，而半年一次的網聚又另徵詩一次，【新秀鍛鍊場】則是不定期徵稿。這樣的徵詩活動次數可說是相當頻繁，光是二〇〇三年便辦理了十次的徵詩活動。由於管理團隊的成員都各有其工作俗務，這樣頻繁的徵詩活動實在不能負荷。因此，再次的討論，自二〇〇四年起，將半年一次的網聚徵詩併入夏季與冬季徵詩活動中，而【新秀鍛鍊場】徵詩活動也固定於夏冬兩季舉辦。即是如此，一年仍須辦理六次的徵詩活動，雖然仍是龐大的負荷，然而眾多雅集會員的支持，便是徵詩活動繼續辦理下去的動力，而這一活動辦法目前仍延用中。

【網路古典詩詞雅集】以推廣古典詩詞的創作為理念，因此，我們在徵詩的辦法中，相當程度的參考傳統詩社「擊缽詩賽」的方式。除了在詩題上力求清新去俗，更邀請詩壇的前輩擔任詞宗，並對這些古典詩的新手給予指導的評語。在【雅集】的三十四次徵詩中，共邀聘了四十位的詩壇前輩擔任詞宗。說是邀聘，其實這些詩壇的前輩們都是無償的為【雅集】徵詩活動擔任評審，有的詞宗甚至將他們私藏的書籍，贈與【雅集】作為活動的獎品，他們提攜後進的熱心實在令人感佩不已，在此，我們必須獻上無比的謝意。

在二〇〇三年二月的雅集週年，【雅集】板主群曾合輯出版了《網川漱玉》一書，這是【雅集】正式出版的第一本詩集，目前也正在籌備第二本合輯的出版，但是真正能代表【雅集】五年來的經營成果，則非《網雅吟選》莫屬，因為這本選輯，記錄了雅集五年多以來的點點滴滴，以及眾多雅集詩友們對古典詩的熱愛與對【雅集】的支持，然而五年來截至目前，總共徵詩三十四次之多，累積的詩作有相當的數量，限於篇幅勢必難以全部收入，編者在取捨之間實是煞費苦心，因而難免有遺珠之憾，在此，我們必須對支持【雅集】的眾多詞長們說聲抱歉，同時也感謝《吟選》主編——維仁詞長的辛勞。

所謂「文章千古事，得失寸心知」，我們認為「詩藝容有巧拙，詩心實無高下」，每一首詩詞的創作，都是作者自運詩心所凝成的結晶，本來是不該品評甲乙、區分前後的。但既然是徵詩活動，我們不能免俗的聘邀詞宗，排訂名次，為的是讓活動更加有趣味性，同時也藉由詞宗給予的建議，讓自己的詩藝能更加精進。在這以文會友的活動中，我們看到雅集詞長們展現出的謙謙大度，不以作品入選自滿，也不以落選而自憐，大家為了興趣而寫詩，在推敲的過程中得到樂趣，同時也在短短的數行詩中抒發心緒，這不正是「在心為志，發言為詩」的寫照嗎？

站在推廣古典詩詞的道路上，我們期望【雅集】的永續經營，更期待下一本《網雅吟選》的出版，最希望的是藉由這本《網雅吟選》的出版，能吸引更多的詩友參與【雅集】的徵詩活動，讓自己踏進古典詩詞的世界，領略古典詩詞的迷人風采，沉浸在古典詩詞的醉人醇釀，同時也一起為古典詩詞的推展盡一份心力。

編輯例言

一、網路古典詩詞雅集歷次舉辦徵詩活動，皆敦聘海內外詩詞名家擔任評審，而新秀組徵詩評選則酌由雅集版主參與。選詩之評審尊稱為詞宗，詞宗之名銜係以評詩當時之職務為準。

二、徵詩活動如敦聘兩位詞宗，通常以年長者為左詞宗，其次為右詞宗；如敦聘三位詞宗，則依年齒為序，分別擔任天詞宗、地詞宗、人詞宗。

三、評審作品名次之方式分為「分評」與「合點」兩種。「分評」即各詞宗分別評選，各自獨立排列名次；「合點」即各詞宗評分後，計算總分以排列名次。

四、詩賽優勝作品之作者以雅集筆名呈現，如經作者同意加署本名者，則註明於筆名之下。

五、詞宗如有示範之作或總評，列於優勝作品之前以資觀摩。詞宗如有個別評語，則列於個別作品之後以為參考。

六、囿於本書篇幅，未能刊載每次徵詩活動所有優勝作品。另有部分作品，則因作者意願或其他因素未便刊載。由於以上因素所造成的缺憾，敬請各位讀者見諒。

1

雅集首次徵詩活動（二〇〇二年七月二十八日成績公告）

詩　題：瓶花，七言絕句，平聲韻不限韻目。

左詞宗：羅　尚先生（詩壇耆宿）

右詞宗：張國裕先生（中華民國傳統詩學會榮譽理事長）

左元右眼：李德儒

今年初度學司香，韻事何妨著意忙。
細看園林花百種，瓶中還是領春光。

右元左花：采石（張麗美）

憑卿生色又添香，解語憐人入草堂。
錦繡春光收玉膽，對枝還憶杜秋娘。

左眼右花：敏翔（高明誠）

仙枝點綴伴吟翁，自料離根色相空。
不與桃花爭冶豔，只留香馥在瓶中。

左四：碧雲天（**王凌蓮**）

獨愛東風此一枝，細裁纖骨入瓶瓷。
案前吟罷時凝佇，方寸盈盈兩共知。

右四左十四：望月（**陳耀東**）

帶笑臨風香馥郁，含羞沐雨態娉婷。
憐花總恨春難駐，一片幽情共玉瓶。

左五右十三：采石（**張麗美**）

戀眷情絲比蝶深，分春野外伴清吟。
風華莫使歸塵土，偏向壺中養素心。

左六右十：儒儒（李岳儒）

天光入戶小齋明，案上孤芳一水盛。
長日閒吟偶相望，枝頭笑臉正盈盈。

右六左七：小發（李正發）

案前園內兩相宜，靜散幽香不自卑。
豈為離枝少顏色，瓶中依舊展芳姿。

右七左十五：夜風樓主

回眸壓艷啓櫻唇，傾國名花不染塵。
翡翠瓶中誰與共，招來墨客賦詩頻。

右八左十一：李微謙（李皇志）

芬芳落寞兩三枝，玉骨青瓷各有思。
清艷自憐無野色，好花堪羨幾多時。

左九：blue

疏密高低本不同，移花接木奪天工。
枯榮原是尋常事，總惜殘香一抹紅。

右九左十三：維仁

離枝未肯減芳鮮，紅映青瓷色更妍。
莫管榮華餘幾日，漫飄香郁到堂前。

左十：blue

四季花開自有時，瓶中置放莫非痴。
強攀硬折爲何事，只恐佳人見暮遲。

右十一左十七：知遏（林柏伸）

清容淺臥映丹瓷，雅秀馨香窈窕姿。
不若俗芳嬌萬態，偏隨墨客唱新詩。

左十二：左岸沉思

懶對瓶花作漢詩，只因好夢起身遲，
春光難有夢中好，明日瓶花留幾枝？

2

壬午秋季徵詩活動（二〇〇二年八月二十六日成績公告成績公告）

詩　題：飲酒，五言律詩，平聲韻不限韻目。

左詞宗：曾人口先生（中華民國傳統詩學會顧問）

右詞宗：陳俊儒先生（苗栗縣國學會會長）

左詞宗曾人口先生總評：

能用網路定題作詩是擊缽吟的一大進步，如此不但可訓練作者的聯想力，且可集中注意力去討論某一事物可以描寫的材料，對作詩技巧上的運用相當有幫助。惟近來台灣的擊缽詩壇，因忙於工商，作者沒有時間去探討詩應具備的要素，一看到題目，便將題面的字用平平仄仄或仄仄平平，把它作一番解釋就了事，有者為了不露題面的字，把寫謎語當作寫詩。古人作詩貴意在言外，亦即要言簡意繁，使讀者讀後要加聯想才明瞭作者要表達的意思。可是這樣含蓄的表達，是要表達一些生命的真義。要為讀者帶來一些新的認識，不能只是「為了寫詩而寫詩」。

此次以五律寫「飲酒」，酒自澆入陶潛與李白的詩苗後，酒和詩便如影隨形連結在一起。詩人的喜怒哀樂一直離不開酒。作品經拜讀後，有不少我個人頗為喜歡的句子，如「多少紅塵恨，都銷酩酊時」「身橫天地臥」「微醺渾忘我」的豪放；「逍遙太虛境，把盞舀銀河」的誇飾；「醉者晉高官」「青蓮焉不醒」「青樓夜宴春」的託諷；「泥妻烹美饌，邀友飲瓊漿」「千鍾達聖賢」「歡聚千杯少」的快樂。後生可畏，網路應會為擊缽詩壇，開一新的境界。

左元右七：維仁

聯歡同把盞，逸興任飛馳。
樂甚顏如熾，飄然意轉癡。
千杯何足畏，一醉不須辭。
多少紅塵恨，都銷酩酊時。

左詞宗評：一氣呵成，轉結有力。
右詞宗評：暫把愁煩一醉忘。

右元：卞思

舉盞誇豪氣，連乾色不徨。
按歌須擊節，隨興自成章。
休問何曾醉，當澆幾許狂。
從來知飲者，豈在酒中償？

右詞宗評：豪氣干雲，是飲者本色，大有詩人俠士之風。

左眼右六：碧雲天（王凌蓮）

有酒夜如何？中庭擊缶歌。
淺斟煩慮淡，濃醉逸情多。
揮袖風雲起，敞襟星月羅。
逍遙太虛境，把盞舀銀河。

左詞宗評：轉結頗擅誇飾之妙。
右詞宗評：大有白髮三千丈之風，不失飲者之狂也。

右眼左九：詠青（張柳逸）

難得逢知己，欣嚐玉液香。
千杯追李杜，五斗步蘇黃。
口入吟情勃，身頹醉語狂。
如泥人告白，快意訴衷腸。

左詞宗評：弦外有音，言外有意，始有吟味。
右詞宗評：真是酒逢知己飲，醉後吐真言。

左花：沐雲（李榮嘉）

飲酒非兒戲，愚人壁上觀。
捧杯成李杜，擊桌是蕭韓。
語塞歌爲繼，眼盲心自歡。
今宵朋滿座，醉者管高官。

左詞宗評：善託諷，七、八句建議易為「今宵難獨醒，不醉不陞官」。

右花：逸迎（吳春景）

我愛杯中物，隨身有杜康。
驅寒三碗飲，解悶一壺嚐。
客至詩情勃，人來酒興長。
傳聞淵赴宴，醉後睡龍床。

右詞宗評：別有寄意，酒膽包天。

左四：李德儒

圓通自不如，老去尚耽書。
每效劉伶醉，常思陶令居。
西窗銀燭暗，風月世情疏。
綠蟻長相伴，清談誰共余？

左詞宗評：能就題發揮，「西窗」與「風月」屬對略嫌不勻。

右四左五：子樂（林智鴻）

好景留人坐，飛花入酒香。
清風颺麗曲，朗月照瑤章。
一盞須連夢，千瓶莫斷腸。
青蓮焉不醒？惟乃帝荒唐！

左詞宗評：轉結之寓諷稍嫌刻露。
右詞宗評：詩人本色非關酒，託辭寧忘愛國心？

右五左六：子衡（吳身權）

若君眞解飲，醉底復何如？
濁酒邀明月，孤燈佐漢書。
悲來歌子夜，感至夢華胥。
且縱狂杯滿，吟醺以誌余。

左詞宗評：三、四、五、六句之下三字詞性欠變化。
右詞宗評：堪稱酒之知己也！

左七：江南人家

一鬥千般味，銷愁渡劫身。
豪情隨太白，潦倒近山民。
公僕早朝醉，青樓夜宴春。
貪杯多自誤，最誤少年人。

左詞宗評：「青樓夜宴春」造句妙，轉結如能含蓄會更佳。

左八：小發（李正發）

豈得消愁悶，偏能添傲狂。
獨斟猶愜意，共醉莫言傷。
量可分深淺，情難論短長。
何須頻勸屬，興至各飛觴。

左詞宗評：起句佳，第二字「添」字易為「助」字。

右八左十：聒噪

日暮晚風涼，正宜遊醉鄉。
泥妻烹美饌，邀友飲瓊漿。
樓角飛螢影，池波映月光。
乘醺思寫景，惜缺好詩腸。

左詞宗評：三、四句切題自然，轉結軟弱。
右詞宗評：可能酒尚不足，方無百篇佳句。

3

壬午冬季徵詩活動（二〇〇三年一月一日成績公佈）

題　目：車票，七絕，下平一先韻。

左詞宗：張夢機先生（中央大學中文系教授）

右詞宗：林正三先生（乾坤詩刊古典詩主編）

左詞宗張夢機教授總評：

本次徵詩題目是「車票」，這題目在我來看應屬詠物詩，詠物詩的最高境界是「物即人，人即物」，但是車票這個題目不好寫，很難達到這種境界。詠物詩除了要避免寫成猜謎語以外，最好具有複意、深意，也就是人、物雙寫，句句寫物，物物有人，言於此而意於彼，方成佳作。

這次我評選的標準，是必須句句扣題，每一句都繞著主題發展，又要合於常理而有章法，以此標準來看，此次參賽作品中僅所取第一名者完全符合，是為佳作，其他的詩作，或多或少都有些缺失。

再就第二與第三名而言，二者的章法差異不大，內容上第三名者較有詩意，情味實在高於第二名，但是車票上一定記有起迄地點，絕不會是不知所向何處的，第四句顯然與常理不合，幾經考慮，終落於第三。

此外，其他的缺失還有：詞意表達不夠清楚，以及所用詞彙不符現代景況等。

左元右元：維仁

車程起訖記周全，一票遙將兩地連。
片紙輕盈收指掌，前途在握不茫然。

右詞宗評：前途在握，自不茫然。善於借物喻意，造語亦雍容典雅。

左眼：壯齋（李知灝）

車馬將乘價百錢，憑持方寸達天邊。
且瞋片紙無情甚，不解離人淚可憐。

右眼：小發（李正發）

凝眸窗外景如煙，思緒隨車度陌阡。
莫道前程猶未卜，夢憑寸紙向天邊。

右詞宗評：有夢最美，希望相隨，是富於進取者也。

左花：碧雲天（王凌蓮）

憑此離人把夢圓，我登車去向何邊。
掌心一票望前路，霧鎖千山獨惘然。

右花：卞思

寄旅何愁世路遷，縱橫盡在掌中箋，
憑虛得馭風輪轉，任我逍遙到日邊。

右詞宗評：造語凝鍊，立意雍容。

左四右六：詠青（張柳逸）

書明起迄日時年，送往迎來數易牋。
薄薄焉知無用處，憑伊遊子喜團圓。

右詞宗評：起承尚有進步空間。

右四左五：紀塵

離家謀事已多年，兩處相思一紙牽。
水闊山長歸路遠，憑伊換取故鄉前。

右詞宗評：深於情者，詞語亦佳。

右五：聒噪

數年萍寄少人憐，誰解親情萬里牽。
此夜歸心能實現，全憑一紙上車權。

右詞宗評：鄉思親情，全憑一票維繫，羈旅之苦況，猶以早期更甚。詩蓋概乎言之。

左六：風雲（吳俊男）

區區一紙百城連，千萬行人賴以遷。
登軫三思先購票，莫招非議把身纏。

4

雅集週年慶徵詩活動（二〇〇三年二月二十三日成績公告）

詩　題：羊歲抒懷，七言絕句，平聲韻不限韻目。

左詞宗：林正三先生（乾坤詩刊古典詩主編）

右詞宗：陳文華先生（淡江大學中文系教授）

左詞宗林正三先生總評：

一、大體上佳作頗多，以名額所限，不免有遺珠之憾。

二、該題之題旨為「羊歲」，故不論明點、暗點，應有「羊年」之意蘊含其中，要不，用於牛年、豬年、虎年、蛇年等，莫不皆可，必失藝術之無可替代性。

三、部分作品，可另立詩題，而成閒詠詩佳篇。

左元右眼：儒儒（李岳儒）

豈攀驥尾爲頭角，亦歷冬霜今始來。
願以吾身貫吾道，天光朗朗百花開。

左詞宗評：雍容大雅，合冠群倫。

右元：劍寒花醉

追風客去競流波，披雪君來意若何。
安得長驅狼虎遁，祥雲日日落青坡。

左眼右十三：子衡（吳身權）

吉羊呈瑞歲呈祥，網際吟哦興未央。
夢至無邊花月夜，展書怡酒快詩腸。

左詞宗評：切時切事，是為作手。

左花：敏翔（高明誠）

馬齒徒增歲再遷，欣逢大有入羊年。
胸襟早釋功名念，遙望神州獨愴然。

左詞宗評：家國之思，落紙愴然。

右花：嚥琀

歡欣去歲迎龍馬，料峭今春願喜羊。
吉煞原來合一相，應知苦樂共心香。

左四右十二：覺修人（張耀仁）

羊年悄悄到人間，老朽居家日日閒。
春水煎茶吟月夜，花時把酒望雲山。

左詞宗評：胸懷閒適，意趣澄澹。

右四左十五：聒噪

惡馬方離百業傷，新春引頸盼熙陽。
殷祈好景隨羊到，黎庶安和國運昌。

左五右七：壯齋（李知灝）

響炮衝天震漢霄，衆相道喜樂喧囂。
羊年且願開文運，掛角新詩意境超。

左詞宗評：切事入題，惜平字句稍遜「眼」作。又「炮」字乃近人俗用，宜作「砲」或「礮」。

右五左十四：無心

羸馬辭途新歲換，碩羊啣穗四民安。
風雲不起山湖綠，一卷詩書一釣竿。

左詞宗評：「山湖」一詞稍覺嫌生硬，為易成「湖山」。

左六右八：維仁

三陽啓歲曆新開，否極殷期轉泰來。
困蹇俱隨奔馬去，一年平順遠殃災。

右六：敏翔（高明誠）

迎羊送馬歲將闌，一套綿毛可禦寒。
待得春回誇晚節，狼皮莫作護身看。

左七：采石（張麗美）

年少輕狂未克工，浮生歲暮感匆匆。
羞顏雪髮辭壬午，換在春風得意中。

左八右十五：夜風樓主

三羊入戶墨浮光，炮竹聲傳五世昌。
落筆新詩求好運，願觀網上好詞章。
左詞宗評：「炮」字乃近人俗用，宜作「砲」或「礮」。

左九右十：知遏（林柏伸）

癸未當頭迎喜歲，詩詞唱詠雅心開。
惟將巧智長相駐，妙句佳篇滾滾來。

右九：追光

鶯聲破雪又逢春，燕織芳晴景色新。
馬齒猶懷諸葛志，流梭不老子牙身。

左十右十四：小發（李正發）

碌碌人生夢未長，歲華暗轉又逢羊。
登樓寄興猶追憶，十二年前意氣狂。

左十一：卞思

初迎羊歲景猶窮，指點曆書詢暖風。
但得一身康自在，何愁霜鬢對春紅？

右十一：風雲（吳俊男）

壬午奔流教客驚，扁舟搖晃過千程。
浮沉一路風兼雨，回首已然江海平。

左十二：風言（古自立）

韶光映媚喜迎羊，大地春回獻綠章。
去歲紛紛隨臘盡，來今振筆話書香。

左十三：李微謙（李皇志）

閑來回首愧蹉跎，但恨狂生謬亦多。
羊歲攻書應得意，謙沖自牧論詩歌。

5

雅集週年慶新秀組徵詩（二〇〇三年二月二十三日成績公告）

詩　題：清晨，七言絕句，平聲韻不限韻目。

左詞宗：莫月娥女史（中華民國傳統詩學會理事）

右詞宗：李德儒先生（紐約詩詞學會副會長）

左詞宗莫月娥老師總評：

網路新秀詩人遣詞用字之習慣頗異吾輩，然亦不失清新可喜。而本次所評詩作，有部分違律或出韻之處，此則有待加強。

左元右四：風言（古自立）

薄霧輕籠曉色幽，晨風尚冷鳥聲柔。
丹曦映照新時景，應是晴空不必憂。

左詞宗評：立意頗佳，用詞流暢。
右詞宗評：用詞美，意境佳，鳥聲用柔來形容較為牽強。

右元左花：紀塵

市聲沈寂鳥啼親，草綠花紅物色新。
休在被窩貪睡晚，當知清曉最宜人。

左詞宗評：轉結有意義，但「被窩」一詞稍嫌白話。
右詞宗評：其意極佳，尤以結句為妙。

左眼右五：忘云

朝雲浪漫月痕收，紗透晴光柳色幽。
倦起花容渾不語，亂鴉驚夢鬧枝頭。

右詞宗評：用詞不錯，意較弱。

右眼左五：古渡（徐炎鑫）

聳翠重巒載曙曦，芳茵和露沁詩脾。
等閒莫讓朝光逝，岸柳遙嵐總是詞。

左詞宗評：用詞稍欠圓順。
右詞宗評：勝在有教育意義。

右花左四：寄園寄客（趙錦鏞）

淡月殘星天欲明，風寒露濕草晶瑩。
年來老病眠床少，獨步園中聽鳥鳴。

右詞宗評：詞句和意思極為完整，但讀來有無病呻吟之感，扣了些分。

6

癸未春季徵詩活動（二〇〇三年四月二十日成績公告）

詩　題：感春，七言律詩，上平十灰韻

左詞宗：羅　尚先生（詩壇耆宿）

右詞宗：張夢機先生（中央大學中文系教授）

右詞宗張夢機教授總評：

本人這次評詩的標準第一是章法，由於「感春」這個題目相當寬，所以只要寫到「春」也寫到「感」就可以，由此標準看來，這卅二首詩皆能切題。

第二個標準是形式結構，可以分為以下幾項來談：

一、用字是否精確？

二、聲調是否切合？

三、對仗是否工整？

四、句子含意是否暢吐？（意思是否能夠清楚表達？）

基於以上標準，本人總共取出十名：其中第一名到第三名可謂完全合乎以上標準；第四名到第六名的詩有些問題，但是並不嚴重，其實不修改也可以，但是這些小問題容易引起爭議或討論；第七名到第十名須要改動一兩處為宜。至於十名以外，則都有缺點，不夠完整。

左詞宗擬作：羅　尚

三月櫻花燦爛開，賞花人去又人來。
眞同世變如流水，便覺官曹盡匪才。
霖雨不晴難救旱，廟謨多妄怕招災。
鷓鴣鶗鴃鳴相競，鉤起江南庾信哀。

右詞宗擬作：張夢機

春色何曾付剪裁，愚蒙況我少詩才。
寧論天道江淹恨，且悼荊妻潘岳哀。
久病早看生死淡，閒居忍聽是非來。
鐙前偶喚雛兒坐，指點輿圖認九垓。

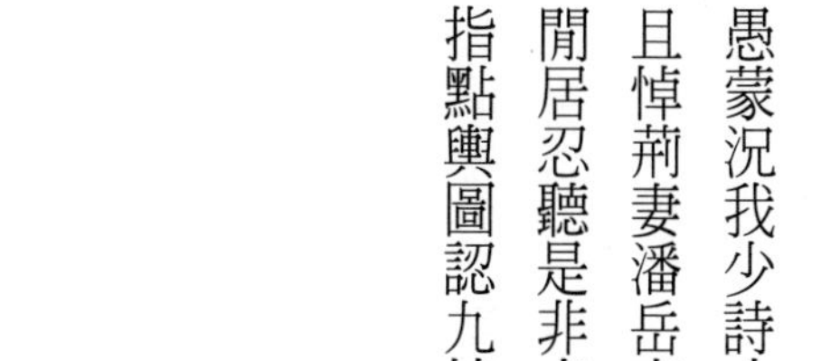

左元右七：子衡（吳身權）

門外東君得得來，賞春無意獨低徊。
風前細柳輕盈舉，雨後遲花冷淡開。
壯志已隨華髮改，塵心都付舊詩裁。
茫茫往事如煙逝，有淚晶瑩在酒杯。

左詞宗評：怊悵述情，沉吟鋪辭。
右詞宗評：對仗不錯，頗具詩意。但「壯志」對「塵心」不宜，第六句可修改為「幽心都付舊詩裁」。

右元左花：南山子

焚如世局復然灰，心死人間定幾回，
獨抱冰壺春欲晚，遙憐沙塞戰初開，
烽煙即目驚塵夢，花雨翻愁入酒杯，
併作牢牢天地恨，子規啼血有餘哀。

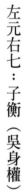

左眼：李德儒

寒梅一樹報春回，愛向詩人共酒杯；
風月依然堪嘯傲，世情無奈滿塵埃；
劇憐夜雨侵三徑，莫怪初雷動九垓；
遠望園林非復昔，馬碲聲裡又悲哀。

右眼：紀塵

沿岸桃紅爭綻開，東風吹柳不時迴。
鶯啼燕語聲酣也，蝶戲蜂游舞快哉。
往事無言隨水去，前程有夢逐雲來。
緣深緣淺都拋卻，懷抱春光酒一杯。

右花：維仁

韶光漸去挽難回，熙攘風塵意轉灰。
窗外濛濛春雨滯，天涯悒悒晦霾堆。
昔年狂客心翻老，昨日嬌華瓣已頹。
欲掇殘英尋舊夢，紛紜庶務又相催。

左四右六：小發（李正發）

曉星漸淡日初開，一翦清愁去復來。
邀友應慚無美酒，抒懷何必仰高才。
浮生渺渺常爲客，輕絮飄飄終著埃。
不意迎春春自至，心隨庭燕亂徘徊。

右詞宗評：第四句「仰」字欠佳，可改為「要」字即可。

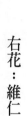

右四：李微謙（李皇志）

馨花嫩葉暖風裁，流水聲中月色開。
莫折娉婷池畔柳，且隨自在石邊苔。
人生意快有時盡，世事煙消不復來。
權對東窗舒墨卷，酣然詩賦酒千杯。

右詞宗評：第五句第五字拗為仄聲，則宜在第六句第五字以平聲救之。但是古人也有此處拗而不救之例（只是為數不多），所以這裡還待討論。如果第六句改為「世事煙消無復來」就不會有這種問題。

左五：古渡（徐炎鑫）

木末辛夷次第開，穿梁社燕又歸來；
嬌鶯囀綠三眠柳，粉蝶黏香半樹梅；
覽鏡驚疑容色改，對花猶恐夜風摧；
無常世事撩幽思，午夢神追李杜才。

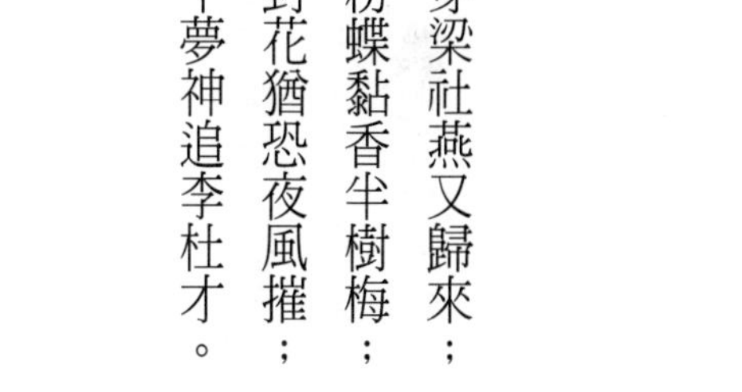

右五：子樂（林智鴻）

桃花何事落塵埃？昨日東風才翦裁。
短暫韶光容易度，清新妍色不重來。
繁華傳說都如夢，美麗聽聞只是哀。
已別春蹤須寂寞，幽人徒感舊亭台！

右詞宗評：頷聯「容易度」對「不重來」是否工整，有可商榷之處。

左六：一休

春暖人間又一回，四時無老費疑猜。
千紅隱約翻江豔，疏影迷離入夢迴。
欲試單衣心事重，併連災戾鬼神哀。
東君且莫從容過，綠遍山河不染埃！

左七：聒噪

未覺東風帶雨回，先聞西亞啓兵災。
殷期朝有興邦策，莫使民懷望治哀。
窘境欲除須早慮，妍花思賞勿遲栽。
若教蒼帝輕溜過，好景焉能自己來。

左八：醉雨

幾度春風幾度催，依稀星鬢漸成堆。
錦書難托琴心在，青鳥怯傳花信來。
滴翠橫山初歇雨，殘紅曲徑早含梅。
芳菲不盡憐香意，自遣幽懷冷淡開。

右八：敏翔（高明誠）

人間到處是蓬萊，攜屐登高快矣哉。
指甲青痕因撥柳，腰裙粉氣爲攀梅。
蘭亭韻事情猶在，玉嶺韶光跡未灰。
烽火連天何日熄，愧無舟楫濟川才。

左九：敏翔（高明誠）

賡歌雅集喜相陪，氣轉鴻鈞斗柄回。
鳥語頻添名士句，花香欲飲美人杯。
含嬌趙后嬌容展，獻媚楊妃媚色來。
借問韶光何處好，蓬萊寶島樂徘徊。

右九：望月（陳耀東）

雨洗芳春景欲開，臨窗覽翠意徘徊。
雲霓好與青山共，花葉頻聽流水催。
攬鏡千絲飛白雪，捫心半片染黃埃。
年年怕見翩蹮燕，漫捲東風去復來。

右詞宗評：頷聯為此次徵詩表現最好的一聯，「花葉頻聽流水催」尤佳，此處流水可以代表歲月，頗有「逝者如斯」的感慨。這讓我憶起先師李漁叔先生曾有一聯：

霜氣撼星疑欲墜，
花光臨水似頻移。

時人都以為這上句「霜氣撼星疑欲墜」堪稱佳句，我則認為這下句「花光臨水似頻移」寄意更深。

左十：夜風樓主

東君飾錦又徘徊，三徑柴扉趁此開。
落瓣寒花驚逝水，息肩粉蝶怕輕雷。
胸中醉語閒吟慢，筆下新詩擊鉢催。
病體尚能歡幾日，孤墳先寄酒盈杯。

右十：聒噪

和風煦日已重回，事業無功鬢髮催。
畏見溪旁新柳色，悵傾壺底舊梅醅。
猶思曾擁飛揚志，豈料終成落拓才。
堪嘆盛年難再現，空嗟氣短意徘徊。

右詞宗評：「落拓」意指胸有大志而不拘小節，「拓落」才是指不順心的意思。觀此詩意應該用「拓落」而非「落拓」。

7

癸未夏季徵詩活動（二〇〇三年八月一日成績公告）

詩　題：橋，五言絕句，下平六麻韻

左詞宗：譚克平先生（紐約環球吟壇總主編）

右詞宗：劉清河先生

（台中鄭順娘文教基金會詩學指導老師）

左元：葉飄零

飄緲孤虹影，煙波江上斜。
助人登彼岸，接引是生涯。
左詞宗評：世故人情，盡於廿字。

右元左十二：吳銓高

古韻美如花，典墳濃若茶。
詩橋千里達，網上展才華。
左詞宗評：科技時代，新舊交輝。
右詞宗評：融古匯今，轉結妙，故拔為壓卷。

左眼：劍寒花醉

深壑橫空越，急流虹影斜。
逢君多涉險，助我到天涯。
左詞宗評：對橋有偉大寄託。

右眼左十七：維仁

兩岸憑橫跨，往還人與車。
獨憐橋下水，一去即天涯。

左詞宗評：世事如棋，稍縱即逝。
右詞宗評：起承有致，轉結含意無窮。允稱傑作。

左花右十五：葉飄零

胯下千帆過，橫江兩岸斜。
前途無阻礙，車馬走天涯。

左詞宗評：寫盡題意。
右詞宗評：能跳出古人窠臼則佳。

右花：詠青（張柳逸）

橫跨雲彰域，長虹舉世誇。
功成維古蹟，安步禁行車。

右詞宗評：寫實故佳。且白而不俗，為此詩特色。

左四：卞思

半截橫天木，應通處士家。
紅塵從此斷，前路入雲霞。

左詞宗評：此中有清氣。

右四：梁津

吊索高千仞，長津跨兩涯。
城鄉無遠近，塵外識繁華。

右詞宗評：句法圓融，頗善鋪陳。

左五：追光

臥枕東流水，飛鴉夕柳斜。
懷收千古轍，說予岸邊葭。

左詞宗評：蘊蓄有古意。

右五：吳銓高

谷險眾驚嗟，扶搖咫尺爬。
鏈橋懸絕壁，顫步目難斜。
右詞宗評：非經過者，不能道出。

左六右二十：卞思

秋水涵間過，春雲澗底斜。
孰云三尺木，亦可接天涯。
左詞宗評：一轉一合，此中有真髓。
右詞宗評：非老手莫辦，故置於末。

右六：軸朗

迎送往來車，橫弓兩岸賒。
尋常人不問，好看夕陽斜。
右詞宗評：頗善描繪，轉結寄予無窮感慨。

左七：壯齋（李知灝）

石梁通兩岸，承載往來車。
大道千程遠，不教橫水遮。

左詞宗評：人力改變環境，亦可勝天。

右七：黃仁虯

利涉往來車，橫空煥彩霞。
勾留鷗鷺陣，題柱筆生花。

右詞宗評：婉轉，故佳。

左八：小發（李正發）

映水長虹影，隨波傍柳斜。
離人辭別處，彼岸是天涯。

左詞宗評：離情別意，渺渺天涯。

右八：柳螢

石質堪爲柱，溝通兩岸嘉。
風霜侵百載，依舊好行車。

右詞宗評：平順。

左九：維仁

常聽風拂柳，慣看浪淘沙。
車馬頻繁過，恬然對物華。

左詞宗評：人間事，唯橋盡知之。

右九：聒噪

身將雙岸跨，來往度人車。
若非能取義，咫尺若天涯。

右詞宗評：比喻恰當，「度」字善用。

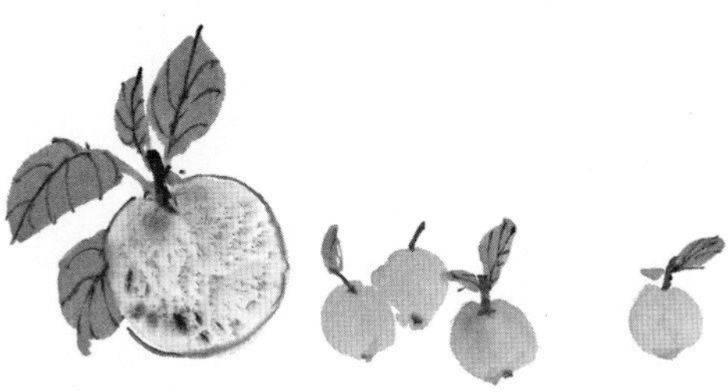

左十：黃仁虯

鰲背橫幽壑，虹腰映晚霞。
招來題柱客，不見渡船家。

左詞宗評：獨具逸格。

右十：黃仁虯

截壑利人車，如虹引興賒。
縱懷司馬意，題柱愧才差。

右詞宗評：有此才華，何差之有？

左十一：梁津

潭橫南北路，臥水接無涯。
古渡猶相憶，懸虹倒影斜。

左詞宗評：橋之倩影，頓生筆下。

右十一：逸迎（吳春景）

過河依此物，架搭豈無斜。
秦晉通和合，移今兩岸嘉。

右詞宗評：依此物以呵護對岸為嘉，如依此物以打壓對岸，則不依也罷。

右十二左十六：碧雲天（王凌蓮）

夢斷雲英老，藍橋風柳斜。
裴郎無覓處，誰共泛仙槎？

左詞宗評：情意綿綿。
右詞宗評：結句感慨殊深。

左十三：沐雲（李榮嘉）

江心浮日華，鐵骨映丹霞。
俯看長流水，直奔天一涯。

左詞宗評：隱約中有橋樑在。

右十三：壯齋（李知灝）

橫樑通險要，飛渡利軍騗。
長阪千年後，猶驚丈八蛇。

右詞宗評：詩雖佳，殺氣未免太重。

左十四：曉色朦朧

織夢渡年華，牽懷望晚霞。
楓橋情景舊，君在遠天涯。

左詞宗評：纏綿遠思，無限情懷。

右十四：劍寒花醉

聞說牛郎事，嫦娥寂寞加。
願招千萬鵲，渡妾到凡家。

右詞宗評：另一種寫法，也別有味道。然用字上須再下工夫。

左十五：丁國智
別後可安耶？相詢只一嗟。
佇橋空對望，水逝夕陽斜。
左詞宗評：心中有無限懷遠情。

右十六：覺修人（張耀仁）
網路蛛絲佈，交流李杜家。
瑤章千里達，不見隔溪花。
右詞宗評：不見隔溪花，橋未架也。

右十七：碧雲天（王凌蓮）
雲溪橫竹板，一隔世塵譁。
未遇歸山客，偶逢樵返家。
右詞宗評：絕句，須在轉結處下工夫。

左十八：紀塵

渡水免船家，往來無阻遮。
交通增便利，兩岸促繁華。

左詞宗評：合情合理。

右十八左二十：維仁

轆轆經橋上，頻繁往返車。
滔滔過橋下，逝水似年華。

左詞宗評：人生如夢，年華難駐。
右詞宗評：承、轉能一氣銜接，且意莫斷方佳。

左十九：風雲（吳俊男）

伏身連兩地，通貨佈千家。
縱使蒙塵土，高名亦自遐。

左詞宗評：物盡其用，聲華不脛而走。

8

癸未網路聚會徵詩（二〇〇三年八月二十四日成績公告）

詩　題：夜歸，七言絕句，下平聲二蕭韻。

左詞宗：張夢機教授（中央大學中文系教授）

右詞宗：陳文華教授（淡江大學中文系教授）

左詞宗擬作：張夢機

夜讌歸來酒未消，秋風大道一車飆。
遠樓只見燈千點，疑是繁星墮九霄。

（編者按：本次徵詩以左右詞宗合點計算名次）

第一名：敏翔（高明誠）

雅興筵開才子會，幽情酒藉美人澆。
披星戴月歸心急，獨唱山歌破寂寥。

第二名：敏翔（高明誠）

師大紅樓夜寂寥，停雲會散轉魂銷。
吟聲叫落雲中月，足踏清輝過板橋。

第三名：夜風樓主

謀得三餐卻折腰，男兒仰俯一肩挑。
天星照我回時路，喜見明妝倚戶嬌。

第四名：李微謙（李皇志）

乘車不覺近中宵，但見卿顏無限嬌。
窗外微風輕帶雨，歸途雖遠亦非遙。

第五名：竹塘立影（廖明輝）

鐘催倦客別塵囂，不見霓虹更寂寥。
沿路人家皆入夢，空留殘月釣江潮。

第六名：覺修人（張耀仁）

狂吟歡飲醉今宵，月朗風清路不遙。

攜影歸來庭院寂，窗燈曳曳晃芭蕉。

第七名：覺修人（張耀仁）

人歸帶月杖頭挑，陌路燈昏影動搖。

犬吠一聲庭院外，望門妻子候通宵。

第八名：嗥月者（楊瑞航）

一日辛勞到夜宵，歸家疲乏步搖搖。

賁星作我知心客，默默提燈伴路遙。

第九名：子樂（林智鴻）

歸時不覺已深宵，四下蟲鳴聲漸銷。
寂寞天狼遙指路，故鄉燈火尚迢迢。

第十名：卞思

繁塵一卻慮心消，明月清風送客橈。
歸向何勞相問訊，煙波深處自逍遙。

第十一名：小發（李正發）

宴罷相辭月色饒，三分醉意欲凌霄。
繁星明滅皆如夢，輕步當車路不遙。

第十二名：風雲（吳俊男）

繁星耿耿綴雲霄，桂魄流光分外嬌。
堂上椿萱應念我，倚門頻望寸心焦。

第十三名：維仁

酒綠燈紅枉媚妖，歸人豈肯暫停軺？
浮華一路繁聲色，不及迎門兒女嬌。

第十四名：逸迎（吳春景）

詩會參加路遠遙，每回家裡已深宵。
可憐妻小倚門待，幸得虛名雁塔標。

9

癸未網路聚會新秀組徵詩（二〇〇三年八月二十四日成績公告）

詩　題：冷氣機，七言絕句，平聲韻不限韻目。

左詞宗：林正三先生（乾坤詩刊古典詩主編）

右詞宗：黃鶴仁先生（基隆詩學會理事）

右詞宗黃鶴仁先生總評：

先時命題，余曾謂立題須有詩味，方不招致打油，或持所作在人，不關詩題。所言誠是，然題目左右詩作，亦是事實。民間詩社立題「黑金政治」、「某寺週年慶」者，是導作者於「不罵政，不切題；不媚神，不入選」，訂題聯詠，互動感通，故命題雖數字，所關詩教亦大矣，而作者亦不可不知下筆方向也。

孔子云：「繪事後素」，初學詩者，必欲為詩，先求語意通順，次為潤色之事，通順，在於使詩意表達清楚；潤色則是修辭以去其不確、不穩諸字或詞。如人建築，而後塗茨，肯構肯堂，始可為居室，居之以為家則足矣，至於雕樑畫棟高閣建瓴，亦須財（才）力為之，財力不豐贍，雖繡幔畫屏，覆於茅茨之下，亦未得所也。是謂通順為第一要諦，潤色則憑才力，須學而致之，非空運斧斤施諸雕鑿，而可以致之也。

此外，則有賴涵濡之功，襟懷深邈、胸次高雅者，自是咳唾成珠，乃有不假雕鑿，渾然天成之趣。此才性也，非關學與不學也。至若襟韻不高，而隨口號呼，自謂天成者，是不知流俗之弊；而激俗詭語，以為創格者，亦不知噲俗之病。斯以病為能，無乃是東施之效於西施；以俗為雅，寧非燕石之誇於楚璧，既為詩，亦不能不知也，因綴數語於評選之後。

今日受託選詩，略依詩味掄定，詩味佳者上選。

本題「冷氣機」，易寫成吹冷氣，或道冷氣機之形貌以切題，道形貌則減詩味，亦易致打油。此為關鍵。或能轉為「功迴造化」者，意佳，然頗多扣不緊題意，致收筆筆力不振，或離題，是亦為不足。

左元：子樂（林智鴻）

消暑從來只一呵，炎炎夏日又如何？
教君重享清涼地，可惜因余費電多！

左詞宗評：詞語並佳，作意面面俱到，允稱佳作。

右元左五：嗥月者（楊瑞航）

斗室吹來一股風，清涼解暑遍身通。
空調作我癡情客，尤寄相逢在夢中。

左詞宗評：平整，似有所冀者。
右詞宗評：「遍身通」有些怪，「作」有些欠順，比起來仍是整首詞意較慎，問題較小。斗室、空調，扣題有方。

左眼右五：臨風

鐵甲乾坤壁裡藏，無奇狀貌若長方。
炎炎夏日何秋意？舞弄機關送冷霜！

左詞宗評：用字遣詞極為平穩，惜造意稍遜。
右詞宗評：前二句，詩味讓了，又添了「舞弄機關」一詞。「舞弄」二字稍不如人意。用「指點」，雖不是最善，亦較佳。

右眼：吳銓高

冷溫抽濕把空調，氣口噴涼暑盡消。
機轉風生憑電力，妙聲催睡夢逍遙。

右詞宗評：前兩句，詩味稍讓了前作。（編者按：「前作」指右元之作）

左花：種花

蒸薰暑熱鬱牢籠，萬戶機聲震耳聾。
解惱何須求巧器？清心便有自然風。

左詞宗評：機械機心，奚若自然，達者之詞。唯「清心」改為「心清」應較佳，故降一等。

右花：深津

闔窗鎮日幔長垂，暫絕塵氛爽露吹。
滌暑傳幽知客意，暢風如浪緊相隨。

右詞宗評：詩意佳，但有離題之嫌。

左四：竹塘立影（廖明輝）

奪天造化壁中藏，六月無寃亦結霜。
科技新元違季候，人間盛夏送秋涼。

左詞宗評：造語平順。

右四：紅豆

匹力如同戰馬臨，身雖鐵鑄值千金。
長教滿室冰涼意，日夜炎風不可侵。

右詞宗評：首句喻法，損了詩味，收筆則佳。

10

癸未之秋徵詩活動（二〇〇三年十一月十七日成績公告）

詩　題：臺員篇，七言古詩，東韻（通冬韻）一韻到底

左詞宗：張夢機先生（中央大學中文系教授）

右詞宗：羅　尚先生（詩壇耆宿）

左詞宗張夢機先生總評：

一、七言古詩押平聲韻一韻到底者，亦須講究聲調，其聲調以避免合於律句為原則，同一聯之上下兩句最好皆不合律，若不得已有一句合律，則此聯之中另一句必不可合律。

二、七言古詩押平聲韻一韻到底者，上句以「二平五仄」為佳，即第二字最好用平聲，而第五字最好用仄聲，末三字用「仄仄仄」、「仄平仄」為佳；下句以「四仄五平」為佳，即第四字最好用仄聲，而第五字最好用平聲，末三字用「平平平」、「平仄平」為佳，尤其是下三平者，第四字必作仄聲。

三、首句以用韻為宜，上句最好以仄聲收尾。

四、建議閱讀杜甫、韓愈之七古，詳加揣摩。

五、五言古詩之聲調研究，建議研讀本人在《思齋說詩》書中〈杜甫北征與韓愈南山詩的比較〉一文。

右詞宗羅戎庵先生總評：

一、七言古詩以平聲韻一韻到底為基礎。

二、可詳研韓愈《山石》、《八月十五夜贈張功曹》、《謁衡嶽廟遂宿嶽寺題門樓》、《石鼓歌》諸篇。次可研讀蘇東坡、元遺山之作；進一層可研讀杜工部之作。此外，李義山《韓碑》一詩尤佳，論者以為此詩造詣勝過韓退之《石鼓歌》。

三、七言古詩，聲調要古，故應調其聲調；句子本身也要古，可學習漢賦之板重。

四、先背韓愈《山石》、《八月十五夜贈張功曹》、《謁衡嶽廟遂宿嶽寺題門樓》、《石鼓歌》諸篇，再多加習作，自然有成。

五、歸結而言：一則「多讀書」，二則「調聲調」。

左詞宗擬作：張夢機

羲和御日駕六龍，魯戈難挽頹陽紅。流光荏苒一彈指，暑氣斂盡迴商風。
烏來煙雨草山瀑，溪頭篁竹南橫楓。雞籠打狗互輝映，奇萊大霸爭瑰雄。
秋陽乍厲貝湖媚，鷗波指顧仙潢通。嘉南平陸富魚稻，萬穗壟畝環千重。
此邦民性慕節義，凜然正氣蟠胸中。曩聞異姓輕割地，凄絕倉葛呼青穹。
爾時黔首抗倭虜，橫飛血肉當危烽。回天費盡揭竿力，千秋遺烈驚胡戎。
重周甲子歸版籍，東遷廊廟鳴黃鐘。建標立鵠五十載，精忠貫日如長虹。
鑄鎔橐籥振工業，核四更奪造物功。待銷末俗啓教化，異端欲黜尊儒宗。
懸空溟渤發高唱，衆巖突屹青濛濛。黃旗紫蓋運猶在，可能壯氣吞衡嵩。

右詞宗擬作：羅　尙

山情水態爭朝宗，川原上下櫻花紅。
賞心樂事五十載，星移物換瓊樓空。
數之所成理不奪，山林浩歎吾道窮。
我來憑弔託懷古，目送飛鳥沉空中。
大放厥詞亦何用，海市變滅隨東風。

左元右元：維仁

福爾摩沙滄海中，清綺山水靈秀鍾。層巒疊嶂亙百里，挺拔萬仞摩天峰。
川流迂曲入大海，鐫鏤丘壑如雕龍。走獸飛禽族類夥，殊多珍稀魚與蟲。
草木蕃滋茂萬種，百花艷艷黃紫紅。信非虛名美麗島，物華絕秀誠天工。
天工萬載始造化，莫教人慾逞殘兇。莫教奇山皺顏色，莫教異水凋姿容。
莫教溷濁汙碧海，莫教塵土遮澄空。蓬萊仙境當永保，留予後世春芳穠。

左詞宗評：「莫教人慾逞殘兇」之句入律，當以不入律為宜。
右詞宗評：全篇聲調合式，結構嚴密。起二句能領起大局，罩住全篇。五「莫教」有創意。

左眼右花：卞思

一島孤立蒼海中，爾來史載遊仙蹤，漢室君王迭興替，烽火不到濱之東，
二百年前晴天變，列強淩戮爭誰雄，蓬洲命運多舛桀，西侵北據知何從？
更有深峽險阻絕，遂與中土無相通，文化血脈雖連屬，風氣民俗漸不同，
輾轉至今尤思變，紛紛攘攘莫合衷，先來遺緒倡獨立，後遷孽子懷歸宗，
血淚斑斑俱有恨，情似裂帛難彌縫，吾乃南遷第二代，每遇此事憂憾重，
斯土斯民魂所繫，斯史斯冊情所鍾，與是與非皆未當，惟鎖雙眉望長空！

左詞宗評：「血淚斑斑俱有恨」之句入律，當以不入律為宜。

右眼：小發（李正發）

彈丸之地踞亞東，太平洋濱浪重重。地偏炎方海氣溽，千年經營民物豐。
良禽佳木足珍異，奇山危岩誇神工。如非斯土毓靈氣，焉得寒暑皆蔥蘢。
經濟傲然創奇蹟，是也非也惑在胸。兩岸對峙數十載，孰知何日興兵戎？
臺員往昔吾未見，今欲細數誠難窮。應有蕭條與盛世，豈無奸佞和英雄。
感此鬱鬱何所憶，惟有延平鄭成功。旋念大木今安在，榮枯轉眼皆成空。
吾乘秋氣望秋月，但覺此月年年同。興亡成敗不可計，時勢猶在交替中。

右詞宗評：結語清新之至，此所謂揚起作結，神龍掉尾。

左花：李微謙（李皇志）

臺員南北與西東，殊方風物在其中。四時如春多勝景，山川人事各不同。
予嘗閑遊北海岸，天青海闊暢迎風。淡水九份金瓜石，洵相樂兮意朦朧。
也曾東往太魯閣，驚嘆鬼神造化工。壯景清景與麗景，緣何皆在此處逢。
更愛秋冬澳萬大，鋪天漫地盡飄楓。倘問此際何所有，痴心衹醉一色彤。
或笑臺員狹兼小，竟能於此樂融融。我曰清心弗須歎，君子言道不言窮。
況彼臺員誠然好，稱善述美信非空。應偕雅士邀濁酒，高歌且任醉顏紅。

右四：詠青（張柳逸）

臺員古體詩題出，初次習寫探書叢，職管曹倉誠方便，掌故資料摘其中。
鄭王未曾越半線，驅荷賜姓尊英雄，屯兵拓墾榮寶島，反攻不遂恨無窮。
航海經商清代始，大舟為穩避颱風，台員饒沃無霜雪，地生五穀出鐵銅。
吳沙入墾噶瑪蘭，平埔族人多逃空，今日只遺撈撈社，已失原性民族融。
漳泉兩姓各渡海，先後移入修堂宮，本應團結博光彩，卻教械鬥袍染紅。
包容績著調知府，逢甲三律頌其功，述盡嘉民感激意，歿為城隍堪鞠躬。
桂森巡台敗地理，老輩傳說言難同，蜂勤採蜜幸可保，阿罩霧族無頭終。
義軍抗日最慘烈，裝備匱乏難為攻，最富傳奇卦山役，殉難祠祀十八公。
斑斑淚史須牢記，保護家園效精忠，享受莫忘先人澤，團結必教國昌隆。

11

癸未之秋新秀組徵詩（二〇〇三年十一月二十三日成績公告）

詩　題：秋望，七言絕句，平聲韻不限韻目。

左詞宗：張國裕先生（台北天籟吟社社長）

右詞宗：周　榮先生（紐約四海詩社社長）

左元右眼：新民才子（張天界，筆名後改爲水雲）

鬱鬱秋山接碧空，愁心盡在不言中。
猶觀落葉隨風逝，一片西飛一片東。

左詞宗評：妙在不言中寫出秋景，的是高手。

右詞宗評：乃個人感遇之流露，借望秋色而抒懷。雖帶淡愁而不頹廢。恰當寄意，風格淳樸，造詞含蓄，的是佳作。

右元左花：竹塘立影（廖明輝）

百業蕭條入眼眸，已然多事又逢秋。
廟堂夜夜燒高燭，不問民生問去留。

左詞宗評：蕭條似未及「百業」之廣，轉結雖偏離題旨，但仍不失為佳構。

右詞宗評：起句即取社會題材，切合時代脈搏，一派憂時之意。逢秋而借望字，緊扣詩題，亦巧用「多事之秋」一成語。針砭時弊而用詞典雅。結句得體，章法有序，意義深遠。

左眼：竹塘立影（廖明輝）

蘆花起舞共西風，十月秋深淡水東。
宋玉情懷分付浪，一竿獨釣夕陽紅。

左詞宗評：寫出秋天景象，結句尤佳。

右花左四：竹塘立影（廖明輝）

征帆豈愛逐潮流，客路迢遙恨未休。
十月西風吹旅夢，蘆花搖落一江秋。

左詞宗評：起承兩句如能顧及題旨，將會更為完善。

右詞宗評：「客途秋恨」旅夢頻侵。借蘆花觸景而生情，一腔惆悵。作品平實無痕。蘊感情卻流露之不經意，乃更高層次之伏筆。

右四：嘷月者（楊瑞航）

殘荷枯影草蒼蒼，人倚欄杆更倚鄉。
八月秋暉憐倦客，西山盡顯彩雲裳。

右詞宗評：洗盡鉛筆，更顯情感之真實，思鄉心切，幻想與現實之矛盾躍然紙上。既是捲客思還，又澀羞衣錦，徒羨天際彩雲裳。有「我欲乘風歸去」之同工，將思緒盡付於作品之中。惟「倚鄉」一詞略嫌生硬。

左五：吳銓添

葉落蛩鳴月勝霜，神州闊別幾秋涼。
蝸居小島難弘志，大展鴻圖望返鄉。

右五：玉溪生

長裾柳影翩翩舞，蕭瑟秋風戲我衣，
遙想板橋明月夜，何人遠望待君歸？

右詞宗評：立意古樸，起首二句平隱而富詩意，嘯吟寄情而意猶未盡。三四句之首二字稍欠穩實予人有模糊之感，表達不夠鮮明，似是題畫之作。

左六右六：心宇（文建華）

風催木落雁南遷，獨倚江樓眺遠天。
最是古今同一嘆，悠悠逝水沒寒煙。

左詞宗評：秋景盡收眼底。編號二、三、四號作品似為同一人筆氣。一題多作應由不同角度分別書寫為妥，例如杜甫秋與八首可作參考。

右詞宗評：關心時勢，借秋望而抒發，小我大局意境，起句及接句皆佳，惜後兩句略欠兼顧。使前之轉勢得不到釋放，雖有詩意而不濃，但仍不失佳作。

12

癸未冬季徵詩活動（二〇〇四年一月十五日成績公告）

詩　題：冬雨，五言律詩，四支韻。

左詞宗：林正三先生

（瀛社副社長、乾坤詩刊古典詩主編）

右詞宗：黃鶴仁先生（網路古典詩詞雅集版主）

右詞宗黃鶴仁先生總評：

一、原擬錄十首，惟數日誦讀，以為所差畢竟是一階之地，故以九首應命。

二、評次畢竟是數日諷讀所持觀點，謹述如下：

（1）雅俗之辯，乃詩家關捩子，不可不知，亦無可迴避。

（2）不雅者，著它一句，即刪去，著它一詞，即退居其次。

（3）收筆無巧勁或佳處者，只平平收束，亦退之。

（4）寫雨必曰「泣」曰「淚」，視作泛泛著筆。

（5）失題旨者、啞語者，即無可論列矣。

三、選外，非無佳處可稱譽，第以所關在詩學能事之認知，言佳處，每恨學人未易體會，故但言其弊以資趨避，而略其佳處，妄評處，還望大家海涵。

左元右元：心宇（文建華）

客旅逢冬雨，寒涼總自知，空濛遮遠樹，淅瀝亂清池，
徒嘆流波急，猶憐野草滋，鄉關何縹渺，觸目是淋漓。

左詞宗評：寫出羈人心緒，詞語亦頗流暢。

右詞宗評：雨境與心情，情境雙彰，全詩瞻前顧後，的屬佳作，山子拜讀。第三聯，收境轉入心思，轉得有力。

左眼：風雲（吳俊男）

寒風飄入戶，細雨散成絲。遠近層巒蔽，高低野樹垂。
清鳴聲有韻，疏落景如詩。展卷閒敧枕，書中境亦奇。

左詞宗評：雨中展卷，別有一番情致。

右眼左五：竹塘立影（廖明輝）

雲鎖天長暗，冬來雨亦奇，聲聲寒玉碎，處處素簾垂，
疾箭摧花架，明珠掛竹籬，未甘居淺井，翻浪入天涯。

左詞宗評：「入」字如改成「赴」字或更佳。
右詞宗評：二、三聯承第二句「奇」字，聯法亦甚佳。「翻浪入天涯」，「入」字似用「向」字較妥些。差半字？浪：水激石遇風則浪；說文稱「水涌流為波」，兩字似宜有別。亦錦繡文章，潤色勝前一首，惟兩聯似全在描繪光景，又收筆突快，命意稍偏題旨，故須讓彼出一頭地。

左花右六：竹塘立影（廖明輝）

遠嶺紗籠黛，嚴冬雨落時，焦桐操玉指，織女散綾絲，
畏冷頻摩掌，聞聲更鎖眉，愁來晴未報，煮酒釣寒詩。

左詞宗評：借酒祛寒，敲詩遣興，亦一快意事也
右詞宗評：操玉指，摩掌，一以喻，仍嫌重了。「釣」字，嫌唐突。（若有典，亦應消融如天衣無縫，始是作詩能事）。「愁來晴未報」佳句。下筆別具心思，收筆亦甚著力，惟立意似稍讓前作。

右花：子衡（吳身權）

朔氣透簾帷，霏微冷碧池。孟冬風有淚，三五月無姿。
酒借瀟湘意，人吟落拓詩。莫懷花謝怨，已近臘梅期。

右詞宗評：「朔氣」又「孟冬」、「臘梅」，意稍嫌重。第三聯稍偏題，因此讓彼一著。「孟冬」對「三五」，序次屬對，亦見巧思。一收，轉出精神，三復以為託興遙深，的是作家。

左四右四：風雲（吳俊男）

朔風斜帶淚，捲地共余悲，滴滴窗前落，潸潸眼底垂，
夢醒空抱恨，意冷已無詞，聽雨人難寐，新愁付酒卮。

左詞宗評：卮酒以遣無聊雨夜，惜氣格稍遜。

右詞宗評：平順意暢，只悲、愁、恨、淚，總不離口，一嫌也。「詞」字，韻腳，疑是用「詩」字為佳？「雨」字，滴滴窗前，已道之，此似用「久」字為佳？氣勢通順而收筆平平，固宜讓之。

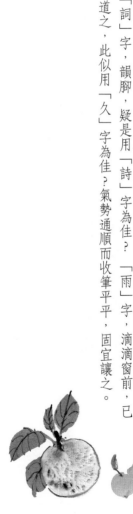

右五左七：沐雲（李榮嘉）

陋巷北風馳，窗寒瘦綠枝，抱襟觀雨景，弄葉問花期，
耳塞空流響，心澄妙入思，晨昏莫辨處，應有月來時。

左詞宗評：遇雨則望晴，人心同然。

右詞宗評：弄葉↓問花期，葉↓花，語自可通，惟法欠超脫。收筆勝前首，惟「晨昏莫辨處」，三仄為一嫌，「耳塞」一語亦嫌，故再退一著。

左六：李德儒

北風微雨夜，都是可憐時，一豎移吾意，薄醪添我悲，
小樓傷舊夢，隻影倍愁思。無限心中事，誰人能告知。

左詞宗評：「誰人」句或可再推敲。

右七：哀駘它

敢爲彤雲泣，流離不凍枝。鷗分寒玉處，梅破小腮時。客鬢對絲影，鐘聲到酒卮。甘微非此道，天下亦祁祁。

右詞宗評：點題法甚捷，收筆又押險韻。兩聯稍覺離題，惟，畢竟是成風斤也。

左八：小發（李正發）

無聲飄院落，刺骨似冰絲，野草能舒葉，遊民不展眉，凝寒日偏短，熨酒火猶遲，密雨孤燈下，扶頭自敲詩。

左詞宗評：「扶頭自敲詩」之「敲」字，雖有去聲一讀，然以作平讀為多。

右八：卞思

朔風凄歲暮，穹谷落銀絲，千縷來遮眼，幾番裁入詩，珠疑箋上淚，聲幻世間癡，此景經年有，此情人不知。

右詞宗評：朔風↓歲暮，取一意即可。五句佳，六句語意稍唐突。所讓正犯此。一收有奇態。

左九：風言（古自立）

臘鼓催甘雨，雲霓盼及時。風淒行正道，政亂遠駢枝。
斷梗心雖苦，邀名世更滋。河枯安滯沛？此話有誰知。

左詞宗評：「話」字如易為「語」或教佳，其中消息極微，熟味之庶有得。

右九：玉溪生

朔氣摧花落，凋楓露已滋。簷寒凝滴玉，風急散冰絲。
殘菊抽凡骨，酷時添絕姿。深冬將盡去，春日待迎之。

右詞宗評：凡骨↓絕姿，自我矛盾。殘對酷，凡對絕，疑是露跡處。此後轉合，稍不切題。

左十：詩與刀

冷色奔濤遠，沉雲垂翼馳。倚門風宛轉，登閣野迷離。
颯爾心期困，悄然芳蕙滋。誰憐搔短髮，說与早梅知。

左詞宗評：韻為四「支」，而於非韻處，用「支」韻字頗多，聲調稍差，是亦小疵。

13

癸未冬季新秀組詩鐘競賽（二〇〇四年一月十八日成績公告）

題　目：冬雨二唱

天詞宗：莫月娥女史（中華民國傳統詩學會副理事長）

地詞宗：張麗美女史（《中華詩壇》詩刊總編輯）

人詞宗：李佩玲女史（網路古典詩詞雅集版主）

第一名：心宇（文建華）

嚴冬雪撲梅花白
急雨珠彈竹葉青

天詞宗評：對仗工整，「梅花白」對「竹葉青」自然流暢。
地詞宗評：此聯寫得生動，練字練句皆已有得，他日應用自然時，應是不凡。

第二名：風言（古自立）

喻雨黃金因久旱
吟冬白雪屬奇才

地詞宗評：工整。
人詞宗評：造句奇俊，應屬老手。

第三名：心宇（文建華）

寒冬冰結松猶勁
微雨風掀柳益柔

天詞宗評：立意不錯。惟下句「微雨」與「風掀柳益柔」稍覺脫節，風掀乃顯柳柔，柳益柔與微雨較無關係。

地詞宗評：工整。

人詞宗評：掀字略失雅意。

第四名：心宇（文建華）

殘冬寂院驚新蕊
夜雨昏燈憶故人

地詞宗評：雖是古人常道句，亦不失通順雅致。

第五名：追光

驟雨方知青竹節
嚴冬更顯老梅風

天詞宗評：「青」「老」二字意屬多餘，致使句意略感不順。
人詞宗評：高風亮節，好聯！

第六名：吳銓高

臨冬始覺陽焉暖
賞雨方驚竹更幽

地詞宗評：自是詩人情懷。

第七名：追光

驟雨狂風知竹性
經冬歷雪有梅香

天詞宗評：前四字用當句對，頗有巧思。
地詞宗評：此聯的「知竹性」稍是敗筆，經雨臨風是草木類的本事，非是竹的特別處，竹的特性是經冬長青，此句的「知竹性」可考慮作「添竹逸」，如何？

第八名：羽靈

碎雨鳴窗添雅意
隆冬逼雪兆豐年

地詞宗評：「逼」字太硬，用「積」較自然，如何？
人詞宗評：「鳴」字「逼」字均有再練的空間。

第九名：風言（古自立）

寒冬把卷心生暖
夜雨談玄意正長

地詞宗評：「玄」可考慮作「禪」。
人詞宗評：「寒冬把卷」與「心生暖」之間關係稍遠。

第十名：吳銓添

隆冬煮酒吟詩熱
細雨圍爐逐夜開

人詞宗評：「熱」對「開」，差半字。

14

雅集兩週年慶徵詩活動（二〇〇四年二月二十九日成績公告）

詩　題：客來，七言律詩，限平聲七陽韻

左詞宗：張夢機教授（中央大學中文系教授）

右詞宗：林正三先生（乾坤詩刊古典詩主編）

左詞宗擬作：張夢機

丹橘黃蕉取次嘗，飄襟同領一絲香。
樓中語笑招禽答，席上杯盤燙酒忙。
游屐君猶話吳蜀，清詞吾自愛周姜。
興高此日忘移晷，不覺廊前已夕陽。

左元：心宇（文建華）

半山秋色送清涼，且喜良朋訪我堂。
品茗談心情自洽，吟詩弄墨興尤長。
竹聽窗外搖新韻，菊賞籬邊吐晚香。
三徑留連猶悵意，疏林野草透斜陽。

右元：樂齋（曾家麒）

年少驕矜長益狂，塵囂久避惡炎涼，
榻懸三尺門羅雀，石枕一身書滿床，
尚友古人交亦罕，慵清花徑掃應長，
笑吾愚鈍聞君至，跣足相迎倒著裳。

右詞宗評：造語凝鍊，頗見功力。
左詞宗評：全詩入題嫌慢，「尚友」不能對「慵清」。

左眼右六：子樂（林智鴻）

小築幸承君賞光，燈花今夕倍輝煌，
有朋方得鑑眞性，無酒何能酬熱腸？
漫憶當年情歷歷，各言前景感茫茫，
人生豈盡多如意？暫且放歌隨我狂！

左詞宗評：可惜中間兩聯完全寫情，未能情景相生。
右詞宗評：頷聯拗而能救。

右眼：卞思

門內爐紅門外霜，客袍猶帶酒樽香，
隆冬送暖惟知己，寒牖開懷共醉觴，
休問年來多少事，能銷眼底幾分狂，
明朝歸去行吟處，一片梅花載雪昂。

右詞宗評：「爐紅」如改成「紅爐」或較佳。
左詞宗評：「酒樽香」與「共醉觴」意思重複；「多少」對「幾分」不好；「載雪昂」費解。

左花右花：碧雲天（王淩蓮）

初聞鈴響眼眉揚，臂把知交笑入堂。
芳草窗前輸綠意，浮雲天外透晴光。
談心促膝歡無盡，憶昔言今淚幾行。
豈慮明朝多少事，良宵未醉莫停觴。

左詞宗評：「盡」與「行」不能相對。
右詞宗評：無陳腐之病，唯格局尚待開拓。

左四：維仁

欣迎故友蒞寒莊，煮酒烹肴意興長。
情似溫爐頻送暖，誼如陳釀久凝香。
韶顏同嘆趨衰朽，舊憶堪憐漸杳茫。
所幸陶然酣暢後，尚存些許少年狂。

左詞宗評：「顏」與「憶」對仗欠工。

右四左六：竹塘立影（廖明輝）

各自天涯幾度霜，同窗點滴細收藏，
聞君步履今朝至，好客梅花昨夜香，
兩袖煙塵居上座，半生風雨付飛觴，
行歌擊箸豪情在，一醉不知清漏長。

右詞宗評：「擊箸」雖慣見，然恐非老成人習性。

左詞宗評：全詩甚有詩意，第三聯尤佳。惟「清漏」與現代生活相去太遠，可改為「清夜」。

左五：風雲（吳俊男）

曉階苔冷著寒霜，喜掃庭除備酒漿。
倒屣驅門因舊友，揮毫落款就新章。
紅梅有意窗前放，青竹迎風簷下揚。
拍案聯吟歌數曲，蘭亭雅會任飛觴。

左詞宗評：「驅」字有誤，應為「趨」字方為合理。「蘭亭雅會」乃文人雅集，未切「客來」之題。

右五左十：心宇（文建華）

料峭春寒浸竹堂，故人聚首話滄桑。
半庭花木猶紅翠，異地情緣自暖涼。
鬢白何堪愁客夢，顏酡無妨盡君觴。
但期敲杖山林路，莫負餘生看夕陽。

右詞宗評：珍重餘生，誰云不然。
左詞宗評：無水何以能浸？首句「浸」字可改為「侵」，「妨」字平仄兩讀皆可。

左七：碧雲天（王凌蓮）

灑掃殷勤敞草堂，和風悄送院花香。
庖間密密羅餚饌，案上頻頻置酒漿。
清論文章互欣喜，紅塵客夢懶思量。
杯闌暮晚猶餘興，共指窗前皎月光。

左詞宗評：「清論」對不上「紅塵」，可改為「青史」或「黃卷」；「客夢」對不上「文章」，可改為「人事」或「魂夢」。

右七：竹塘立影（廖明輝）

高樓矗立隔冬陽，冷漠人情瓦上霜，
雲外客來空閣暖，灶頭煙起一時忙，
花如不謝焉知惜，酒浸重逢倍覺香，
醉滿十分當有夢，獨留清月照簷廊。

右詞宗評：「酒浸重逢」浸字稍差。

左詞宗評：有詩意，可惜用字不穩。「空閣暖」對「一時忙」不工；第五句意思不清楚。

左八右十：望月（陳耀東）

久居塵外臥群芳，早看青山晚夕陽，
喜對春風迎老友，高談子夜待清光，
如煙往事穿簾過，似水年華入夢長，
一別多年情景舊，使君猶是少年郎。

左詞宗評：「高談」對「喜對」不工；「使君」習慣上應是奉使之官吏，此處可改為「憐君」。
右詞宗評：一結稍軟弱。

右八：沐雲（李榮嘉）

人來午後老街坊，薄酒粗肴故意長，
語盡深宵看月色，魂縈舊事煥容光，
青春一別雲中鳥，歲暮頻催頂上霜，
片刻逍遙同記取，伴君瀟灑好還鄉。

右詞宗評：「歲暮」如改成「暮歲」琢對應較工。
左詞宗評：第五句意思不清，且「歲暮」不能對「青春」。

15

雅集兩週年慶新秀組徵詩（二〇〇四年二月二十九日成績公告）

詩　題：寒流夜讀，七言絕句，不限韻。

天詞宗：梅振才先生（紐約詩詞學會會長）

地詞宗：鮑思陶先生（詩人，山東大學教授）

人詞宗：楊維仁先生（網路古典詩詞雅集版主）

人詞宗楊維仁先生總評：

限題徵詩之作扣題尤須準確，本次徵詩諸作頗多未能切題，殊為可惜。徵詩主題「寒流夜讀」，是以內容當以「讀」為主，「寒流」與「夜」為輔，三者齊備方稱切題。愚意竊謂新秀徵詩之作，立意當以清新為高，遣詞當以避俗為上，造句當以順暢為要，而內容能扣題準確者，乃為傑作！

第一名：玉溪生

雜擬新愁半句詩，月華斜引碧瓊枝。
徘徊苦守寒燈下，求取金丹換骨時。

天詞宗評：清淡雅潔，頗具感染力。

地詞宗評：入題似緩，宕開一筆好。結穴有力。

人詞宗評：首句乃賦詩而非讀書，離題。「雜」字亦費解。「寒燈」未足形容寒流之冷。

第二名：梁津

燈寒被冷覺孤單，屋外霜風醒夜闌。
小火溫茶聊展卷，漫隨詞賦縱悲歡。

天詞宗評：情景交融，順暢自然。

人詞宗評：三四句流暢有味。次句「醒」字似無著落。

第三名：梁津

烘爐煨酒伴茶香，獨坐芸窗懶上床。
欲覽新書成一寐，夢中猶背舊詞章。

天詞宗評：情景俱佳，後兩句饒有新意。唯「懶上床」三字似欠高雅。

地詞宗評：體格工穩，略乏趣味。

人詞宗評：三四句由讀書轉而入眠，偏離主題。「背」字宜再鍛鍊。

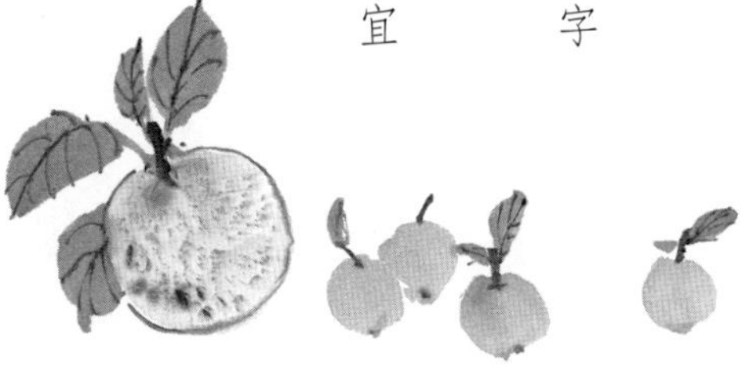

第四名：緹雲

入夜春寒冷雨疏，慵偎衾枕覽閒書，
封姨何事頻敲牖，擾我終宵半卷餘。

地詞宗評：入題快捷。承接不力，通篇意味不足。
人詞宗評：一二句扣題準確，三四句能抒感慨，允為壓卷。

第五名：玉溪生

月射紗窗風撼扉，持書俱筆火前圍。
分茶促膝談文久，對飲銀河一片輝。

天詞宗評：「火前圍」三字似有堆切之感。
地詞宗評：氣韻尚可，「與書對語」表達朦朧，通篇似作《寒流夜話》。
人詞宗評：三四句「談文」「對飲」已非讀書，離題。室內焉能「對飲銀河一片輝」？於理不合。

16

甲申春季徵詞活動（二〇〇四年四月二十七日成績公告）

詞　題：春曉，不限韻。詞牌：采桑子。

左詞宗：周　榮先生（紐約四海詩社社長）

右詞宗：王凌蓮女史（網路古典詩詞雅集版主）

左元右七：樂齋（曾家麒）

春來小院添佳趣，雲漾晴空，蝶舞清風，暖日煨花分外紅；
忽聞聲動疑啼鳥，宛在芳叢，欲覓還空，似夢如真曉色中。

右詞宗評：喜「暖日煨花分外紅」句，但是「添佳趣」、「啼」可再推敲。

右元：卞思

數聲鶯語啼清曉，夢也間關，醒也間關，擾斷幽眠爲哪般？
捲簾但見春來早，喜對青山，惱對青山，依舊煙霞鬢已斑。

右詞宗評：情深意佳。

左眼右花：追光

青山迎曉春無語，露重嵐低，鷺影依稀，水暖魚游鴨過堤。
林間鳥唱村喧鬧，橋上花飛，橋畔花飛，一色桃英落滿溪。

右詞宗評：景甚美，但下片中間兩句疊韻，則上片亦應疊韻較為常見。

右眼左十：醉雨

煙林寂寂江城外，野杏初紅，山色微濛，乍暖還寒料峭風。
誰將好夢頻催醒，燕語牆東，倩寄歸鴻，一併閒愁付碧穹。

右詞宗評：有詞意且用字穩，但下片前二句至尾兩句轉折稍覺快些。

左花：吳銓高

曈曨曉色千山暗，水靜疏舟，霧鎖江樓，萬里朝霞伴赤球。
乍然眩目驚春鳥，催起沙鷗，鶯燕啾啁，露滴梅桃笑不休。

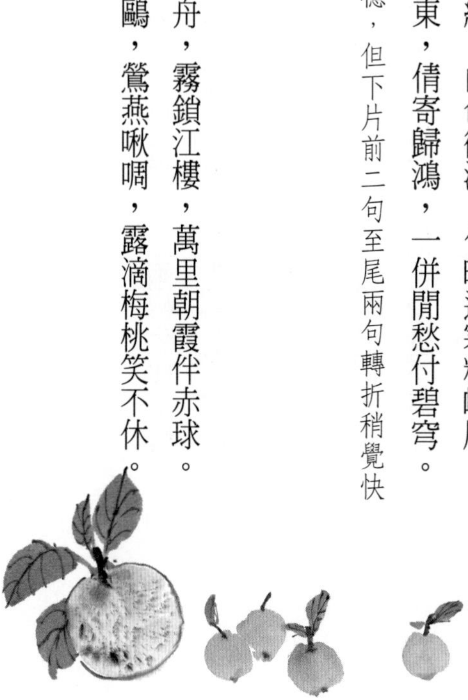

左四：葉飄零

春來好夢留人睡，枕上朝霞，百鳥喧嘩，三兩蝸牛樹上爬。
幾翻新雨添新色，紅染籬笆，綠透窗紗，一卷春光百樣花。

右四左五：小發（李正發）

曉煙迷柳含春意，燕過堂前，綠滿芳園，李白桃紅相競妍。
花間舊事尋常見，昨日華年，今日衰顏，何苦營營不得閒。

右詞宗評：有詞意，但用詞覺較前三名稍稍不及。

右五左六：風雲（吳俊男）

晨曦透戶催人醒，閒步城西。花草芳菲，粉蝶雙雙隨意飛。
東風一陣搖池柳，輕漾漣漪。坐聽鶯啼，遙看層巒漫翠微。

右詞宗評：景佳，惜無深意。

右六：一方（周煒強）

春光曙色煙波接，千里奔流，數十沙鷗，極目蓑翁一葉舟。
魚絲遠擲蒼茫處，放浪清游，微動收鉤，樂水人生不復求。

右詞宗評：「數十」兩字可再考慮，餘韻稍覺不足。

左七：樂齋（曾家麒）

鳥聲初展窗前景，風過清晨，樹色翻新，老葉枝頭已不存。
少年情事渾拋卻，懶作遊人，睏臥重茵，白髮而今怕見春。

左八：湘蓮子

柳陰徑小閑穿燕，草木知春，何處無春，一把犁鋤處處新。
忽聞宿鳥歸林語，多少迷津，不再問津，還我人間自在身。

右八：一方（周煒強）

窗寒柳綠鶯啼曉，妾夢難成，坐盼天明，咬指椎心計日程。
春庭信步梨花泣，隻蝶孤清，寂寞無名，雙燕飛迴百感生。

右詞宗評：情深，但二三句感覺像半夜睡不著，而非清曉。

左九右九：緹雲

燈殘露滴鐘聲遠，碧水凝煙，紅杏爭妍，和煦清風一院閒；
晨曦悄扣人醒處，蛺蝶輕翩，燕子雙還，漫對春光獨倚欄。

右詞宗評：扣字稍覺不穩。

右十：小發（李正發）

曉寒微透流蘇帳，蘭麝香殘，倚枕推軒，淡蕩韶光漫小園。
鶯啼柳外添愁緒，風動鞦韆，蝶鬧蜂喧，萬種情懷惟自憐。

右詞宗評：頗有詞意，但是倚枕如何推軒，不太能解。「情懷」似應改為「風情」或將萬種情懷改「一」種情懷。

17

甲申夏季雅聚徵詩（二〇〇四年七月二十五日成績公告）

詩　題：看海，五言律詩。限平聲八庚韻。

左詞宗：曾人口先生（中華民國傳統詩學會顧問）

右詞宗：林正三先生（乾坤詩刊古典詩主編）

右詞宗林正三先生總評：

舉凡論詩，先由立意，意即雅正，次論神氣，神完氣貫，斯為佳作，次論字句，字新句雅，情景交融，自足名世。綜觀諸作，頗有可觀，殊難取捨，唯名額所限，未免遺珠之憾，斟酌再三，試銓甲乙，等外佳作，亦自不尟，望勿以落選而興歎。

左元右元：樂齋（曾家麒）

極目望千里，心隨滄海平。
昔懷銜石志，今結忘機盟。
日轂徒嗟逝，桑田豈見成。
茫茫歸造化，一粟納浮生。

左詞宗評：銜石懷恨，何如忘機自在。能依題發揮，兼運用相關典故製造張力，至為難得。結句「納」字有再推敲之餘地。
右詞宗評：一氣貫注，頗見功力。

左眼：樂齋（曾家麒）

滄海何曾歇，滔滔日夜生。
堆成千尺浪，散作萬年聲。
來者終須滅，去時猶復驚。
嗟余觀此水，洒悟世間情。

左詞宗評：來去如斯，滔滔萬年，不免愴然。頷聯勁健，結句略嫌刻露。

右眼左四：小發（李正發）

負手長堤上，開襟傍海行。
雲霞多變幻，鷗鷺各輕盈。
境逆心猶定，風閒浪自平。
潮潮相逐逝，由此看人生。

左詞宗評：海本無浪，因風而起，心本無垢，因妄念蒙塵，頗能善用比興，惜結句欠缺含蓄。

右詞宗評：由看海而悟徹人生，是善於取況者，然因結語「由此看人生」句，稍涉一「露」字，故置於次。大凡敘景處宜顯，使景色鮮明，所謂「狀難寫之景，如在目前」；而言情處則宜隱，以造成「含不盡之意，見於言外」之含蓄效果，此詩家之秘也，宜善體之。（以上二首之甲乙，尋思數次，幾不能決，於今晨方豁然定稿，的當與否？尚待質諸方家）

（編者按：「以上二首」指右元、右眼詩作）

左花右十：維仁

凝望翻滾浪，意氣總難平。
裂岸千鈞勢，騰空萬馬聲。
眼前呈壯景，心底湧豪情。
願駕風帆去，飄然海上行。

左詞宗評：一氣喝成，頸聯粗糙，轉結有餘韻。
右詞宗評：意則佳矣，唯造語尚有進步空間。

右花左八：碧雲天（王淩蓮）

月落長沙岸，微風拂髮輕。
四垂星熠熠，千里浪瑩瑩。
宇宙渾無盡，波瀾自未平。
孤身天地闊，盈耳盡潮聲。

左詞宗評：頗有老杜「側身天地，獨立蒼茫」之感慨，實善觀者也。
右詞宗評：於渾厚處稍遜前作。（編者按：「前作」指右眼詩作）

右四左七：小發（李正發）

夕日沉西海，坐看天際平。
前波猶未息，後浪漸生成。
暮合長堤斷，雲稀新月明。
燕鷗歸去盡，尚有數舟橫。

左詞宗評：後浪推前浪，長堤斷，新月明，週而復始，何曾終止，觸景而情生，毫不費力。

右詞宗評：意則佳矣，唯造語尚有進步空間。

左五右六：竹塘立影（廖明輝）

遠眺波濤靜，閒飛鷗鳥輕。
凡身懷妄念，寶鏡映虛名。
心欲雲邊住，潮從腳底生。
安期如可遇，願與學騎鯨。

左詞宗評：除頷聯過於突兀外，餘頗合比興之旨。

右詞宗評：意則佳矣，唯造語尚有進步空間。

右五左十：覺修人（張耀仁）

憑欄觀海色，日出水天明。
拍岸狂瀾急，懸空爽氣清。
遙山斜渡鳥，近嶼直奔鯨。
觸目煙波麗，追遊樂此生。

左詞宗評：造句平平，惟頸聯頗工。
右詞宗評：意則佳矣，唯造語尚有進步空間。

左六：竹塘立影（廖明輝）

風舉千重浪，滔滔欲壓城。
雪濤崖頂瀉，虎嘯耳邊生。
海起無名怒，人如一葉輕。
衆生能悟此，萬事不須爭。

左詞宗評：觀海見深見大，一對比人之渺小可知矣！惜結句淪為議論與說教！

右七：覺修人（張耀仁）

澎湖出海行，急櫓一舟輕。
浪捲當頭濺，波翻貫耳鳴。
聞鐘知寺近，泊岸覺潮生。
絕島浮天際，悠然遠俗情。

右詞宗評：意則佳矣，唯造語尚有進步空間。

右八：子樂（林智鴻）

駐足悠然賞，湛藍無可名。
風吹塵慮盡，歌動白雲行。
水闊吟心逸，天長望眼明。
沙鷗如有意，旋與客忘情。

右詞宗評：意則佳矣，唯造語尚有進步空間。

左九：風雲（吳俊男）

狂濤相激生，拍岸振天鳴。
浪滌塵心淨，風吹暑氣平。
鯤鵬何足羨，鷗燕實堪盟。
長笑江湖客，未曾忘汲名。

左詞宗評：舉世滔滔，何止江湖客好笑而已！詩不必說破，說破非詩矣！

右九：聒噪

夜釣礁岩上，常懷別樣情。
風聲和浪韻，圓月伴疏星。
萬頃漣波闊，數艘帆影輕。
此時堪忘我，無獲也心清。

右詞宗評：意則佳矣，唯造語尚有進步空間。

18

甲申夏季雅聚新秀組徵詩（二〇〇四年七月二十五日成績公告）

詩　題：戲浪，七言絕句，不限韻。

天詞宗：張麗美女史（《中華詩壇》雙月刊總編輯）

地詞宗：吳俊男先生（網路古典詩詞雅集版主）

人詞宗：李皇志先生（網路古典詩詞雅集版主）

優選：紅豆

麗日高來海雁斜，一灣碧水接流霞。
濤聲涯上清風發，長伴游魚戲浪花。

天詞宗評：海雁應為海燕？或直接用海鳥。麗日高來與流霞對沖，一灣碧水接流霞的一灣格局較小，配合上句海景，承句可參考作：「無邊碧水接天涯」。
涯是韻字，用在第三句無妨，稱為腰韻。但此句的圓熟度弱些，可惜了清風發的意氣，可參考為：「濤聲聲引清風發」，如何？

地詞宗評：堪稱通順，「高來」、「濤聲涯上」用字可再鍊。

人詞宗評：五首之中，此首較為切題，故取第一。

（編者按：本次徵詩僅收五首，以作品太少之故，只取優選一首。）

19

甲申秋季徵詩活動（二〇〇四年十一月二十二日成績公告）

詩　題：昔遊，五言排律，限平聲七陽韻，至少八韻（十六句）。

左詞宗：羅　尚先生（詩壇耆宿）

右詞宗：張夢機先生（中央大學中文系教授）

右詞宗擬作：張夢機

摶扶九千里，溽暑下臨杭。漫折西湖柳，閒依北浙篁。
六橋連野色，三竺壓波光。茂樹尊坡老，哀絃唱岳王。
鳳山張翼遠，龍井沏茶香。靈隱寺鐘落，錢塘江浪狂。
醋魚供夜讌，麥酒沃吟腸。勝景盤桓暫，離襟鬱邑長。
彩圖曾屢見，宿願得初償。鴻墮才留跡，駒奔復脫繮。
足今憐卞氏，誄昔效潘郎。舊夢賡仍斷，沉痾惋且傷。
何當爲騄耳，堤上再騰驤。

作者自注：
鳳山，在浙江海寧南，山形如鳳張翼，故名。
卞氏，即卞和，春秋楚人，因獻璞而遭刖足。
潘郎，即潘岳，晉詩人，尤長哀誄。
騄耳，馬名，周穆王八駿之一。
騰驤，馬行貌，奔馳也

左元右花：風雲（吳俊男）

秋風起天末，侵戶覺微涼。忽憶桂林景，頗思陽朔岡。
灘江何浩浩，象鼻復蒼蒼。波動肥魚躍，鶯飛嫩柳揚。
青山涵秀氣，碧水映晴光。對此堪怡性，謳歌且盡觴。
久觀時局亂，已厭鼠流狂。欲借桃源地，臨川築草堂。

左詞宗評：起首二句閒適心情，因閒適而憶昔遊桂林陽朔，接承六句補足昔遊美景，回到閒適，所以堪怡性且進觴。然而樂不忘憂，厭此亂局鼠狂，想到借地築堂，遺世忘憂。起承轉結，章法結構井井有序，佳作也。

右詞宗評：篇幅雖短，寫景如畫，但灘江風物更有可觀者，此詩卻未提及。

右元左花：維仁

大屯留舊憶，廿載夢猶香。豈獨煙嵐秀，尤其情韻長。
翠巒迷白霧，綠野綴紅芳。亂響蟬鳴急，紛飛蝶舞狂。
輕歌隨步履，歡笑滿行囊。勝景清氛蔚，華年豪氣揚。
風光仍歷歷，歲月已茫茫。昔侶如雲散，空餘相片黃。

右詞宗評：裁章合度，收發自如。歡笑滿行囊：行囊改詩囊則更佳。

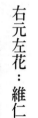

左眼：吳銓高

佳節倍思鄉，中秋返故廊。抵家親切切，遊穗喜洋洋。
九路觀商店，天河覓展場。珠江燈火燦，光孝寺名揚。
軍校稱黃埔，公園訪五羊。中山倡憲法，烈士葬花崗。
酒醇蝦肥美，橙甜荔更香。繁華非昔比，景物永難忘。

左詞宗評：遊子回廣州之作。中間補敘，實景實情，結二語仍不忘昔日。

酒醇蝦肥美：醇字出律。

右詞宗評：九路觀商店，天河覓展場：九路對不上天河。

右眼：碧雲天（王凌蓮）

澄澄天上月，照影曳前廊。牽憶童年事，渾回故里坊。
左籬呼小鳳，右舍喚阿芳。死黨奔鄰巷，跟班過矮牆。
村中同笑鬧，課後任行藏。探險由荒院，追蹤沒野芒。
先搜黑蚯蚓，繼捕綠螳螂。黃鳥參差語，紅花零落香。
榕梢閒足踝，雲絮滿襟裳。倦倚高枝上，濃眠粉蝶旁。
晨昏猶自換，寒暑替如常。知了聲何去？鞦韆夢未央。
昔時遊興好，今夕感懷長。消息堪尋問，儻朋皆渺茫。
聞將拆舊厝，接欲起新房。從此存愁緒，憑誰慰別傷。
老來多眷念，歲晚更思量。半盞茶煙冷，一軒風色涼。
疏星明復滅，寒宇浸孤光。

右詞宗評：昔遊可作兩解，一為昔日之遊賞樂事，一為昔日之交友情宜。此詩回溯昔日交遊之情，躍然紙上。憑誰慰別傷：傷字若改為腸字，則更工。

左四：卞思

頗念煙波美，重來秀嶺旁。潭深天影碧，橋僻野花長。
漫步爭尋覓？遙懷備渺茫。當年蘭友輩，此處竹林郎。
趁是繁花日，邀成一雁行。買舟浮弱水，煮酒共飛觴。
雨後澄江潤，風前新柳昂。紅爐星火熄，綠岸片帆藏。
隨處船歌歇，明朝塵事忙。韶光猶輾轉，流歲幾倉遑。
忽對初升月，方知滿地霜。

右詞宗評：

橋僻野花長：長字不洽，宜改黃字。

遙懷備渺茫：備應為倍之誤。

邀成一雁行：雁行指兄弟，非一般朋友。

紅爐星火熄，綠岸片帆藏：星火對片帆過寬，宜改布帆。

右四：子樂（林智鴻）

旅路雖逾里，同行不覺長。引吭無俗務，結伴有紅妝。
鳥語迴三徑，蟬鳴來四方。蝶蜂隨款步，花葉映輕裝。
每過林幽美，時看草翠蒼。秋山多勝景，野澗富清涼。
風洽心宜放，情閑茶自香。對談眉眼笑，相視髮絲揚。
由典論荀孟，從經說老莊。村煙融暮色，霞彩化詩章。
往事如圖畫，青春似水光。韶華今緬念，百感尚洋洋。

右詞宗評：
水流花放，純出自然，然句間之疵累，仍須洗鍊。
秋山多勝景，野澗富清涼：勝景對不上清涼。
對談眉眼笑，相視髮絲揚：眉眼為二物，髮絲為一物，以二物對一物，古人雖有此法，但嫌不工。
村煙融暮色，霞彩化詩章：暮色對詩章嫌寬。

左五右五：竹塘立影（廖明輝）

雲夢歸來後，人間幾度涼。遊心或能抑，勝境未曾忘。
此夜流星寂，當時落日黃。萬荷吞一棹，隻影渡三湘。
灼眼花如火，刺波篙帶香。原將皤鬢苦，忽發少年狂。
歌底雷霆動，眉間意氣揚。披襟八風納，插翼九天翔。
豪膽催詩興，丹霞入錦囊。流光付彈指，苦酒慰離腸。
悒悒緣何事，依依戀楚鄉。會期空自許，夙願恐難償。
縱慾成枷鎖，折腰謀稻粱。漁郎失元亮，徒向武陵望。

右詞宗評：用筆老練，惜煞尾處語焉不詳。
悒悒緣何事，依依戀楚鄉：何事對不上楚鄉，宜改遠鄉。

20

雅集三週年慶徵詩活動（二〇〇五年二月二十七日成績公告）

詩　題：夜坐。七言律詩，限十一眞韻。

左詞宗：林正三先生（瀛社社長）

右詞宗：吳雁門先生（詩人、口湖國中校長）

左元：竹塘立影（廖明輝）

冷雨敲窗搗夢頻，更深起坐夜相親，
街燈自照榮華路，濁酒空澆寂寞人，
鬢掛風霜向明日，詞留愛恨記前塵，
武陵路失何須嘆，遇得桃紅即是春。

左詞宗評：意較曠達。

右元左眼：湘蓮子

紅塵轉我幾回輪，不扣朱門不拜神。
客少何愁辭歲酒，燈寒獨好作詩人。
鐘聲起處歌方落，爆竹響時年已陳。
四十年來驚一夢，拼將直筆寫芳春。

右詞宗評：呵成一氣，輪蹄輕快，通首暢達。「客少何愁辭歲酒，燈寒獨好作詩人」此聯尤佳。筆寫芳春，并見性情。

左詞宗評：一結稍有餘味。

右眼：竹塘立影（廖明輝）

如夢生涯此刻眞，霓虹十里認前身，
囚於物念三眠客，負盡韶華兩袖塵，
舊事縈懷人獨坐，璃窗著雨冷相親，
敢將世味參成雪，要護梅花開向春。

右詞宗評：嫻於寫懷。璃窗著雨，借喻此律韻致。「敢將世味參成雪，要護梅花開向春」則禪想高妙，翻出手段。開字應仄，舊事、璃窗屬對小失。

左花：臨江仙

月浮高嶺絕纖塵，對影窗前會美人。
夜靜清吟詩百首，更闌淺酌酒三巡。
逍遙夢與嫦娥伴，灑脫情同太白鄰。
未醉江南風景麗，良宵此夕竟迷神。

左詞宗評：行筆流暢。

右花左四：李微謙（李皇志）

中宵夜靜偏無語，獨坐凝思亦養神。
始掃靈臺拋外物，更望幽月省吾身。
半生輾轉愁如夢，數載徬徨命似塵。
際遇從來應有數，窮通何足使人瞋。

右詞宗評：切合律旨，平整之作。際遇困頓，語多愁苦，三聯不忍卒讀。
左詞宗評：善能自解。

右四：儒儒（李岳儒）

俗務且隨斜日去，月華如水洗凡塵。
漫開螢幕觀今世，細讀圖書友古人。
結髮同看童子稚，知心共飲老茶醇。
夜來即是偷閒刻，安坐悠思養此身。

右詞宗評：辭頗雅淡。未作驚人語，但見閒適。結髮句詞意稍湊。

左五：顧曲

半山亭寄半閑身，鳥囀林幽欲醉人。
白塔淩風風景秀，青松泛浪浪潮新。
花香解語能陶性，樹大成陰可養神。
拋卻塵囂來到此，坐看天地感其親。

左詞宗評：意則佳矣！唯「風風」、「浪浪」等重字殊無謂，不用可也。

右五：望月（陳耀東）

無眠竟夜待雞晨，坐對熒燈燦奪人，
偶惹靈臺飄欲動，復將丹魄照還眞。
濃茶但許消殘夢，新句偏宜迓早春，
嘯詠猶思年齒易，悲歡點滴總如氤。

右詞宗評：「濃茶但許消殘夢，新句偏宜迓早春」清而有味。偶惹句略不通。氤韻，境有未融。

左六：卞思

無眠欲問幾更辰，萬戶嘘風不見人，
擁被坐觀河漢冷，分燈怯照鬢眉顰，
今生歎我何聊賴，來世知君可認眞，
待得深情分付了，更留明月記前身。

左詞宗評：詩境迷離。

右六左九：李德儒

回首前塵問所因，多年勞苦費精神，
爲求五斗折腰米，贏得通街撲面塵，
紅粉有心來送暖，白頭無膽再尋春，
屏前獨自酬詩句，負了香衾悵此身。

右詞宗評：結見夜坐意，浮沉中歲，多有感慨。「為求五斗折腰米，贏得通街撲面塵」斯人憔悴。紅粉聯近謔語。

左詞宗評：意趣稍嫌衰颯。

左七右八：sigmax

暫別瓊筵酒數巡，煉心方寸擬登眞。
眼前殘雪寒梅夜，胸外佛燈霜月塵。
萬念空時凌境界，無形遶處寄元神。
何妨獨坐朦朧裡，衣影花香都遠身。

左詞宗評：「登真」二字，尚宜推敲。

右詞宗評：佛道兩家，躍然紙上。間有佳思，惟胸外及無形二句，詞與意須再斟酌。七句略虛泛。

右七左八：吳詮高

抱膝深宵望北辰，江山分治莫尤人。
三方經貿迎商客，兩岸通航利國民。
痛恨專權眉鎖目，驚聞腐敗淚沾巾。
沃田何故無新稻，百姓耕耘豈認眞。

右詞宗評：實寫，坐出一段憂時熱腸。利國民、痛恨、腐敗等語，直而害文。末句平率。

左詞宗評：因所欲言而言，惜乎劍拔弩張。

右九：小發（李正發）

粗茶一盞亦清醇，憑案檢書銷俗塵。
風疾北窗開不得，燈昏舊夢憶猶真。
圃耕欲學常嫌晚，詩賦賡吟總未新。
此夕蹙眉緣底事，半憂才儉半憂貧。

右詞宗評：能符詩旨，二聯略平。

左十右十：維仁

深宵尚有未眠人，坐對寒燈慨歎頻。
熙攘塵囂緣底事，倦疲筋骨竟何身。
世情詭譎參難透，夜色昏沉看不真。
舊事如煙還繾綣，管他回顧枉傷神。

左詞宗評：非年青人吐屬，雅宜盡量避免。

21

雅集三週年慶新秀組徵詩（二〇〇五年二月二十七日成績公告）

詩　題：憶故人。七言絕句，限一先韻。

天詞宗：伍若荷女史（紐約環球詩壇編委）

地詞宗：曾家麒先生（詩人）

人詞宗：李啓嘉先生（網路古典詩詞雅集版主）

第一名：woncf

夢裡重逢歲月顛，猶還把話效先賢。
今尋羽翼將飛向，好繼當時未就篇。

地詞宗評：末二句有味，不明言而題旨宛然可見。第二句可再斟酌。

人詞宗評：起句「夢裡重逢」與「歲月顛」關係不夠明顯，「猶還」二字稍嫌虛冗，「把話」宜斟酌。大體而言，文從字順，意義豁顯，亦有情思。

第二名：一方（周煒強）

一別多年路幾千，每看舊照意綿綿。
何時重聚香江畔，笑語圍爐美酒前。

地詞宗評：結構完整，惟專用賦體，詩味較薄。
人詞宗評：「舊照」一詞略生，可斟酌。文從字順，大體流暢可讀，唯相憶著墨不深。

第三名：萬里未歸人

誰言攜手共嬋娟，幾度中秋幾度圓。
天上嫦娥將笑我，同因寂寞不成眠。

地詞宗評：首句不穩，結語佳。
人詞宗評：起句「誰言」嫌費解，「笑」字或可斟酌。「同因寂寞不成眠」，自有韻味。

22

乙酉春季徵詩活動（二〇〇五年六月十六日成績公告）

詩　題：讀詩，七言絕句，限平聲六麻韻。

左詞宗：張夢機先生（中央大學中文系教授）

右詞宗：顏崑陽先生（淡江大學中文系教授）

左詞宗擬作：張夢機

關雎誦了念非邪，飲酒吟來日已斜。
試取唐詩百回讀，少陵沉鬱最堪誇。

左元右四：維仁

寄情故紙思無涯，錦句低吟感慨加。
人世幾經桑海變，不隨代謝是詞華。

左詞宗評：滄桑多變，詞筆千秋。

右詞宗評：起承平穩，轉合精警。以滄桑之變反襯詞華之不朽，便覺有力度。

右元左八：卞思

百代詩心載物華，當年風月認無差。
吾今亦得描春筆，可有來人爲一嗟？

左詞宗評：水去雲回，純出自然。
右詞宗評：我讀古人詩，再翻出來人是否讀我詩一意，便覺感慨深永。

左眼右十二：風雲（吳俊男）

太白詩篇勝月華，少陵跌宕筆生花。
思余亦有拏雲志，自許十年成一家。

左詞宗評：詩吟李杜，志堪凌雲。
右詞宗評：由讀李杜大家之詩，啟發作詩之豪情，能另翻一意。

右眼：碧雲天（王淩蓮）

高樓雨冷遠喧車，展卷清吟意自遐。
松下涼風覺吹袂，山間明月影窗紗。

左詞宗評：「高樓雨冷」與「山間明月」不免有所衝突。

右詞宗評：既合讀書之題旨，三四兩句寫景而其境如詩，頗有遠神。

左花右十四：維仁

細從詩卷咀英華，千載衷情引歎嗟。
騷客有靈應感我，知音異代識瓊葩。

左詞宗評：含英咀華，千載共鳴。

右詞宗評：起承平穩。三四兩句能反照自身，乃得今古通感。騷客句由溫庭筠過陳琳墓變出，但「應感我」略顯生硬。

右花左十一：子樂（林智鴻）

午后風清塵慮賒，窗前細草漫搖花。

小齋吟罷詩三百，不覺西天盡彩霞。

左詞宗評：入題太慢，到第三句才講到讀詩。

右詞宗評：切合題旨，又能以景襯情，讀詩之滋味，託於想像，得含蓄之法。

左四右六：小發（李正發）

案前一讀一驚嗟，氣動風雷未足誇。

許是東坡詞意暢，酣然不覺日西斜。

左詞宗評：運筆自然，一氣流轉。

右詞宗評：酣暢，酣暢。頗覺驚濤裂岸之聲盈耳。

左五右七：吳銓高

偷閒展卷入詩家，甘苦香濃妙若茶。
孟德臨江言壯志，昭君出塞怨琵琶。

左詞宗評：轉合兩句，雙管齊下。
右詞宗評：起承平穩，切合題旨。三四以對偶平列兩種詩境，隨人體味。筆法似拙實巧。

右五左十三：子樂（林智鴻）

喜將詩趣佐清茶，吟到忘情輒日斜。
塵世憂煩渾不管，悠然一派野人家！

右詞宗評：詞意俱妥貼，而讀詩之趣，引人陶醉。

左六：風言（古自立）

幾度悲歡幾度誇，抒懷醒世盡才華。
雖無百卉園中植，萬縷詩香在我家。

左詞宗評：轉折自如，詩代花馨。

左七右十六：一方（周煒強）

偷閒靜處讀千家，麗句佳辭若彩霞。
體物含情顯風雅，神遊言外境無涯。

左詞宗評：起結得法，桴鼓相當。
右詞宗評：平正切題，略嫌板重。

右八左十五：小發（李正發）

欲趁三餘閱百家，可堪俗務亂如麻。
商來片刻簷前坐，王孟依然最佐茶。

右詞宗評：章法頓挫。結句有奇趣。「商來」不如作「秋來」或「閒來」，語意當更明洽。

左九：竹塘立影（廖明輝）

詩底風流宜佐茶，消閒讀至夕陽斜。
年來記性難追昔，翻過一家忘一家。

左詞宗評：用筆寫實，如在目前。

右九左十七：何維剛

雲橫落葉一天涯，夜覽陶詩伴月華。
物外心懷南牖寄，桃源深處野人家。

右詞宗評：讀陶詩而得其趣。首句「一天涯」意稍不透。

左十右十：水村

一天明月照窗紗，含咀周南韻最葩。
自是詠歌安以樂，不妨從此老生涯。

左詞宗評：陪起應題，詩中有我。

右詞宗評：高朗疏秀。次句由韓愈〈進學解〉「含英咀華」、「詩正而葩」化出。葩字，藻麗之意。然絕句如此押韻，總不免生硬。

右十一：以眞

沉吟關想意自遐，清韻空靈摒俗華。
感慨有時悲喜共，心隨化境到天涯。

左詞宗評：此詩意境頗佳，可惜「自」字出律，是以未能入選。
右詞宗評：沉穩。結句有餘味。「關」是否為「觀」字之誤？

左十二：李德儒

唐宋名人共幾家，老僧獨坐對横斜。
文章千古風流事，呑吐之中氣自華。

右十三：南海布衣（孔繁文）

信手詩書不論家，抒懷唱誦意無瑕。
閑情偷得公餘後，明月昏燈照冷衙。

左詞宗評：此詩亦佳，然「論」字作動詞時，當以讀作平聲為是，故未錄選。
右詞宗評：起承平實。三四有個殊感受，以景作結，恣人想像。以寫讀詩故，昏燈不如青燈。次句不免贅詞。

左十四：翟家光（鄭存耀）

正聲正韻實無邪，情景交融筆有花。
李杜詩篇多妙句，新鮮豈乏永光華。

右十五左二十：竹塘立影（廖明輝）

每從詩句慕風華，妙筆堪羞二月花。
敲字人隨春去也，空餘紅杏臥籬笆。

右詞宗評：輕靈有致。三四句似有妙想，然過度翻空，不免游詞無根。

左十六：翟家光（鄭存耀）

吾書吾口自成家，隨拾隨描不漫誇。
尤愛性靈難得是，最平常語意多遐。

右十七：惠超

陟岵誰猶唱兔罝？伐檀吾自念蒹葭。
毛詩不用騰牆護，兩度煙消字未差。

左詞宗評：末兩句不知所以。
右詞宗評：化用《詩經》篇名以構句，有巧思。三、四兩句詩意稍不明透。

左十八右十八：風言（古自立）

晨光淡淡透窗紗，把卷輕吟十數家。
縱是無才堪著筆，豪情遠志不曾賒。

右詞宗評：起承平穩，三四有頓挫之致。

左十九右二十：左輔星

雅興詩來詠百家，珠璣妙語好奇華。
吟風古韻千騷味，曲盡弦音繞晚霞。

右詞宗評：平實切題。次句堆砌贅詞。「千騷味」不穩洽。

右十九：玫瑰

春光撩亂鳥喧嘩，蝶影深藏百樣花。
柳下橫琴供自在，芬芳一卷是生涯。

右詞宗評：明麗。然扣題不緊，只結句略與讀詩相關。既是「生涯」漫長，「一卷」不如「千卷」或「萬卷」。

23

乙酉夏季徵詩活動（二〇〇五年八月十五日成績公告）

詩　題：晌午，七言絕句，限下平聲八庚韻。

左詞宗：張夢機先生（中央大學中文系教授）

右詞宗：黃鶴仁先生（基隆詩學會理事）

左詞宗張夢機教授總評：

中國古典詩詞創作，以寫春秋二季較多，其主要原因在於中國大陸四季分明，春季是由一片死寂的寒冬中萌發出來的生機，這種景象很能觸動詩人的心，而產生作品，夏季則只是春季的延長，草木更綠了、花草更茂盛了，並沒有太大的轉變，無新意自然就無法觸動人心。秋天則是盛極而衰之始，看著萬物自繁茂而凋零，容易引起悲傷的情緒，予以吟詠，這就是古典詩多寫春秋兩季的原因。

這也是本次夏季徵詩，我以晌午為題的發想由來，因為古人寫炎夏的詩並不多，所以希望大家能拿來練練。我私下認為，夏季可茲書寫吟詠的，應該是午後那種寂靜的景象吧！不過總結本次投稿的作品，寫到這景象的似乎不多。

談到孤雁出群或者孤雁入群格，也就是首句借韻或末句借韻這兩種格式，我的看法是古典詩首句本來就可以仄聲收尾，不用押韻，因此首句借韻是可以的，至於尾句借韻，考據古人作品，並無前例，所以我並不贊成尾句借用他韻的作法。其次，就算首句可借用他韻，也必須以鄰韻或古體詩中可通轉者為宜，而不是隨意用一個他韻，這次投稿的作品中就有一首犯了這個毛病。

總結來說，七絕之旨，要在輕倩流便、一氣流轉，最忌油滑，給大家作參考。

左元右十五：竹塘立影（廖明輝）

九夏從來以炙名，炎炎晌午斷人行，
夢中若許逢諸葛，商借東風傍枕生。

左詞宗評：倘逢孔明，欲借風遣暑，落想奇特。
右詞宗評：夏日與東風未合。

右元左花：子樂（林智鴻）

快意鐘敲十二聲，憂煩暫別一身輕，
南風送爽怡詩性，荷瓣飄香洽茗情。

左詞宗評：起筆不落恆蹊，三四句能記閒適之情。
右詞宗評：首句點題有巧勁，三四作對句，具見匠心。詩尤灑脫有致。

左眼右五：故紙堆中人（張富鈞）

草木爭妍似解情，冷泉浴罷午風輕。
閑雲嶺上參差舞，群雀簷邊一兩聲。

左詞宗評：寫出夏午寂謐之境，故佳。

右眼左九：皞月者（楊瑞航）

瀕湖印日水盈盈，小鳥枝頭啼午晴。
坐蔭花前書半卷，風搖竹影好閒情。

左詞宗評：轉合句記眼前景，不禁令人想起幼時所唱之「本事」來。
右詞宗評：收句有神韻。

右花左五：風雲（吳俊男）

日掛中天分外晴，市因暑氣漸無聲。
沏茶漫品淵明句，千載停雲尚有情。

左詞宗評：讀詩可消煩熱，心靜自然涼生。
右詞宗評：次句損詩味，三、四佳句。

左四右二十：小發（李正發）

午風頻送水車聲，時雜閑蟬斷續鳴。
不定情懷何所似，一窗雲日互陰晴。

左詞宗評：由景入情，起結合度。

右四左十二：維仁

半日紛繁意暫平，午間小憩遠喧爭。
片時稍享靈臺靜，一盞涼茶潤性情。

左六右八：竹塘立影（廖明輝）

人間晌午只如烹，奉轡羲和欲炙城，
萬物審時甘俯首，惟蟬敢發不平聲。

左詞宗評：能以尋常景，自發新意。
右詞宗評：饒有詩致，俯首一詞尚未貼切。

右六左十四：紀塵

勞勞半日汗如傾，午憩榕陰睡意盈。
一枕薰風拋俗慮，任它鼾響和蟬鳴。

左七右十：逸之

午日流金暑氣橫，空調幸有暗涼生。
枕書閑臥冰簾下，夢入華胥寤不驚。

左詞宗評：既實寫都會生活，又不悖詩之古雅性。
右詞宗評：流金、夢、寤幾處未貼切。

右七左二十：風雲（吳俊男）

鬱蒸街道少人行，棲樹夏蟬時一鳴。
獨對螢屏思國事，何年蝸角罷相爭？

左八右十八：卞思

盛夏曦車馭火行，中天一滯偃千旌，
逍遙惟有榕邊叟，蒲扇搖來片刻清。

左詞宗評：只寫炎午某一事件，正符合七絕創作原則。

右九左十六：子樂（林智鴻）

日到中天別樣明，乾坤朗朗氣神清，
高朋齊聚閒餐敘，樂把詩歌詠太平。

右詞宗評：神字未貼切。

左十：顧曲

麗日當空一傘擎，并肩攜手兩心傾。
癡情已到深深處，那管天公雨或晴。

左詞宗評：寫夏午戀情，亦自見纏綿。

左十一：吳銓高

炎陽熏果夏蟬鳴，滿樹琵琶摘不成，
子午遊園饞欲滴，黃鸝得食放歌聲。

右十一：李微謙（李皇志）

坐對南窗憑日影，別思世事憶平生。
托身久被紅塵擾，卻得偷閑暫賦情。

右詞宗評：未甚破題。

右十二：汨羅江

長空寥落紫雲橫，拂檻微風暑意輕，
我倦欲眠書當枕，管他充耳市廛聲。

左十三：寓公

日出雲飛萬里晴。炎威挾午炙孤城。
家中閉戶迎風臥，閒看螢屏啖雪晶。

右十三左十九：李德儒

河畔斜眠聽鳥鳴，驕陽高掛夢難成。
槐陰蟻穴嗟無路，現實傷人白髮生。

右詞宗評：收句欠韻。

右十四：鐵琴銅劍（戴光明）

雨過風疏暑氣平，遊人頓覺一身清。
雖然晌午無須寐，梅石碑前彳亍行。

右詞宗評：彳亍字用在近體，尤以言近旨遠之七絕，較未為善。

左十五右十九：嗥月者（楊瑞航）

炎炎午夏瀗蟬聲，玉立園葵向日傾。
老樹有心成綠蔭，熏風搖影柳牽情。

右十六：紀塵

高樓斜影已回傾，烈日當頭逼汗盈。
冷氣房中宜避暑，市街寥落少人行。

24

乙酉夏季新秀組徵詩（二〇〇五年八月十四日成績公告）

詩　題：夏日，七言絕句，限上平十五韻，自由擇韻。

左詞宗：姚立民先生

（紐約詩詞會副會長，紐約環球詩壇副主編）

右詞宗：李正發先生（網路古典詩詞雅集版主）

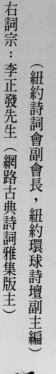

左元右元：一方（周煒強）

夏日逍遙坐釣磯，遠山蒼翠錦鱗肥。
熏風鷗鷺千帆颺，漁客陶然浸碧暉。

右詞宗評：怡然自得，頗有佳趣。

左眼右六：左輔星

快艇橫穿島嶼中，沙鷗峭壁浪濤沖。
奇岩峽谷荒煙處，夏浴寬衣逐海風。

右詞宗評：入題慢，惟結語著一「夏」字，前三句與詩題較無聯想。

右眼：一方（周煒強）

瓜棚粉蝶戲垂絲，竹檻清蟬唱碧枝。
靜坐涼亭觀物理，浮雲舒卷欲無爲。

右詞宗評：流暢自然，欲字可鍊。

左花：竹天

花殘春去去無蹤，柳綠成陰陰漸濃。
淺草蛙鳴鳴翠曉，輕風寄夢夢多重。

右花：故紙堆中人（張富鈞）

高臥北窗不著冠。手持新句墨初乾。
噪蟬未解午風熱，溽暑偏知瓜味寒。

右詞宗評：意頗清新，三、四兩句作成對句，讀來似無結語。第一句犯孤平。

左四右五：茉莉兒

對鏡妝成懶起身，驕陽恣意苦佳人。
手搖羅扇心徒歎，夏至方知忘惜春。

右詞宗評：結語已見歎意，「心徒歎」略失蘊藉。

右四：玉反

覺來群雀奏臺除，景碧芳濃六月初。
纔浴晨曦驅懶意，合遊左右合開書？

右詞宗評：轉結較弱。

左五：可愛堯

荷塘近看蛙聲噪，坐話雲風暑氣微。
待到枝頭紅日過，林間獨步短歌歸。

左六：英雄出少年（吳覺生）

週日休閒何處去，金山海浴夕陽還。
弄潮力竭渾然睡，枕上依稀見玉顏。

25

乙酉之秋徵詩活動（二〇〇五年十一月二日成績公告）

詩　題：聽雨，五言古詩，限平聲十一尤韻。

左詞宗：張夢機先生（中央大學教授）

右詞宗：沙培錚先生（柳州詩詞學會副會長）

左元右眼：風雲（吳俊男）

中宵雨敲牖，寒意侵孤樓。狂飆一時起，雨響漸轉遒。
人倚微燈坐，坐久生幽愁。黃鐘律已毀，世亂誰可謀？
今有說經者，砥柱當中流。哀哉俗不納，詆之如寇讎。
悽悽緬尼父，傳道亦無儔。思此發喟嘆，徒然付一謳。
何時風雨止，旭日明九州？

左詞宗評：夾敘夾議，自生波瀾，且詩中聲調，悉合古法。
右詞宗評：此借雨以哀時，心有隱憂，其誰知之？

右元左七：哀駘它

萬象盡淅瀝，天風起颼颼。無心誦時若，有客賦登樓。
瑟瑟一簾夢，珊珊半池愁。滴階病殘菊，零淚沮荒楸。
雁語迫寒近，鄉情入杯浮。老扶阮生杖，醉放巴人謳。
乾坤自失色，混沌一身囚。五湖煙景在，誰繫少年舟。

右詞宗評：此詩情感真摯，渾沉莫露。多有家國之思，似親歷滄桑者。且筆勢不衰，一以貫之，用典純熟自然，知為飽學之士。

左詞宗評：用筆老練，章法嫌亂。

左眼：茉莉兒

初時三兩滴，瓦上步悠悠。
一轉疊聲響，催誰舞不休。
恍若百人鼓，起落任自由。
又如撒豆出，玉鳴律難收。
陣陣敲節奏，漸漸轉輕柔。
歇時風作語，天涼好個秋。

左詞宗評：用實寫虛，純詠聽雨，手法甚佳。

左花：卞思

天門昨夜破，一宿長河流，嗚咽直向海，大石如行舟，
田園盡坼裂，箱籠泥上浮，黎民失所怙，束手空抬眸，
行者欲相問，無語惟搖頭。去歲雨水欠，工穡皆難謀，
穡夫廢犁具，百工荒雕鎪，雲霓衆所望，焚香頻乞求。
今年幾回雨，一雨一番愁，高丘作黃土，深濘淹高樓，
積水阻車馬，民宅成渠溝。無雨固害命，有雨翻割喉，
請君莫問雨，聞雨如聞讎。

左詞宗評：聞雨而哀受災黎元，聲調似參杜詩北征。

右花左六：竹塘立影（廖明輝）

九霄走雲陣，星旗圍城陬，天機蟻先覺，未雨風盈樓，
琵琶忽作響，點滴連成愁，苦似永安嘆，隱約聞咿嚘，
悽悽向胡塞，一步三回眸，俄而更轉急，聲勢如裂綢，
錢塘鬥海若，萬箭攻潮頭，浩氣攝神魄，激盪焉能休，
一待勢將盡，又擬蛟龍咻，如咽復如訴，垓下身成囚，
空懷逐鹿志，獨短翻江籌，斯境與誰共，千里同悲秋。

右詞宗評：以雨聲擬陣戰託孤遠嫁射潮，後以英雄失志為結，雄奇不凡。以骨力勝。

左詞宗評：以具象分寫雨勢強弱，堪稱傳神，然句中之疵累，尚須洗鍊。

左四：筱雍

淅瀝風吹雨，暗籠天地愁。
梧桐泣葉落，點滴飄零秋。
江面雰霏碎，墜花嗚咽流。
哀嫠怨夜永，淚下何時收。
冪塌東南角，禹王治水憂。
嘩啦聽雨噪，煩憂自凝眸。

左詞宗評：語多蕭索，奇哀在骨。

右四：泛舟採荷

聞道人間事，福禍自有由。
惜呼臨身者，幾人不相愁？
攲枕不能寐，猶自算籌謀。
已作白頭誓，何堪性命憂。
天際一聲動，頃刻雨成流。
造化誠可信，與我淚不休；
憑軒傳禱語，此生唯一求：
鶼鶼雙比翼，風雨繫同舟。

右詞宗評：指風雨為誓，足見鍾情。

左五：一方（周煒強）

勞勞役塵事，客寄在星洲。深夜驚雷響，瞬間瀑布流。
鋁窗彈珠射，蕉葉刀鞭抽。聞者獨悲吒，撫懷孤館愁。
半生肩重擔，千里作人球。斜倚聽風雨，漫思歸岸頭。

左詞宗評：客夜聞雨，惆悵莫名。

右五：居隱

入夜風牽雨，初敲百葉柔。小簷作鐘磬，輕奏無名愁。
忽急如律令，篤篤遠近遊。颯颯引重影，聲聲震心頭。
危坐閱詩經，平和滿四周。雷霆萬鈞來，安靜書中悠。

右詞宗評：風雨聲中不廢吟哦，知為有道士。

右六：紀塵

倚窗思前事，聽雨傳溫柔。點滴似情語，叮嚀堪解憂。
花落莫相戀，悲歡一浮漚。離人去應遠，昨日何追求？
蒼天縱有意，體會方悠遊。自遣眞趣味，心寬不知愁。

右詞宗評：聽雨憶別離，強為寬慰，當有知者。

右七：風言（古自立）

瀝瀝簷罅雨，滴滴上心頭。敲窗聲似泣，落土痕不留。
花草因其茂，筆墨爲其幽。聽命如聽雨，緩急兼沉浮。
急時懼成患，緩時又生憂。年少志猶在，只是不自由。
滄海難爲水，桑田早成州。登高能望遠，倚欄藉風流。
俗塵雖詭異，有心必能酬。有日俗慮放，願效野鶴遊。
雨過天青後，應是好個秋。

右詞宗評：平淡有味。

26

雅集四周年慶徵詩活動（二〇〇六年二月十九日成績公告）

詩　題：風，五言律詩，限平聲韻。

左詞宗：顏崑陽先生（淡江大學中文系教授）

右詞宗：楊淙銘先生（台灣師範大學國文系講師）

左元右元：竹塘立影（廖明輝）

久作飄零客，天涯慣獨行。
乾坤多仗義，來去未留名。
擊雪還山綠，裁雲放日晴。
憤然論世局，時起不平聲。

左詞宗評：從虛處生意，能得風之神理，而腹聯切其實體。故能虛實相涵，不即不離。

右詞宗評：符合題旨。文意上，以人、物雙寫之手法為之，整體感覺甚佳，第七、八句詩情激昂湧出。結構完整，安排甚見工力。對仗上，第二聯首二字可再斟酌。

左眼右眼：鐵琴銅劍（戴光明）

巽卦之爲體，乾坤噫氣成。
無微而不入，吹萬以齊鳴。
勁厲隨冬吼，清泠伴夏行。
渾然天籟調，注耳化詩聲。

左詞宗評：練化《易經》與《莊子》之意，而渾然無斧鑿痕，可謂善於使事。頸聯妙得風神。然腹聯粗淺，叶「行」字，略嫌湊韻。

右詞宗評：符合題旨。文意上，整體感覺頗佳。結構完整，安排妥貼。對仗上，第三聯似宜再斟酌。修辭上，以虛字入詩，散文化之詩是否恰當，可再考慮。

左花右花：卞思

扣窗何所事？邀我上重霄。
來共浮雲逐，能將俗慮消。
振衣窺玉魄，跨鶴嘯松標。
百里長河過，回眸眾嶽遙。

左詞宗評：全以寓言為體，想像入奇，通篇一氣直貫，如風疾行。體勢與物象合一，亦其妙處也。

右詞宗評：以擬人化手法寫主題「風」，飄飄然有出塵之感，符合題旨。文意上，第七句相對於主題，稍顯力弱，宜再斟酌。結構完整，安排妥貼。對仗上，第三聯末二字似宜再斟酌。

左四右五：風雲（吳俊男）

天地陰陽變，彤然噫氣生。
挾雲過萬里，掠竅響千聲。
颯颯穿林至，飄飄向我迎。
誰人如宋玉，為爾辨分明？

左詞宗評：氣勢雄渾，果然長風之象。頸聯清勁，腹聯平實而已。結引宋玉〈風賦〉之典，貼切。

右詞宗評：符合題旨。文意上，表達貼切，唯第八句之文意應更明確，第三、四句詩味頗佳。結構完整，安排妥貼。對仗上，第三聯似宜再斟酌。

右四：竹塘立影（廖明輝）

前日發天末，今搖關渡西。
來時蘆管動，到處竹陰低。
儘可誇冬蕊，何勞送夜啼。
肯憐遊子意，吹夢向璜溪。

右詞宗評：符合題旨。文意上，表達完整深刻，第七、八句詩情搖曳。結構完整，安排妥貼。對仗工整。修辭上，第五句似不夠整練，可再斟酌。

左五右十五：卞思

萬竅吹天籟，八垠同一吁。
呵霜迷海嶠，捲霧出泉湖。
飆自鯤鵬化，柔從杏柳甦。
仙人孰作友？禦寇略相扶。

左詞宗評：氣象恢宏，瀰蓋天地，確是風之精神。構句結篇，都無疵累。唯得莊子之意處太多，原創性稍嫌不足。

右詞宗評：符合題旨。文意上，表達貼切，第七、八句以典作結，效果亦佳。結構妥貼。對仗上，第二聯末二字似宜再斟酌。

左六右七：顧曲

習習春風至，殷勤又重情。
揮刀裁綠柳，弄笛和黃鶯。
破浪江河闊，排雲日月明。
夕煙繚繞處，客到響鈴聲。

左詞宗評：纖麗之作。頸聯化用古人詩意，頗見巧思。腹聯能恢宏氣象，大筆振起。尾聯坐實風鈴細物，以此作結，終失境淺。

右詞宗評：文意上，將主旨限制於「春風」，亦算符合題旨。結構上，第三聯力量似乎過強，與其他各句不協調。對仗工整。修辭上，第二、三聯所用動詞稍顯牽強，似宜再斟酌。

右六：李微謙（李皇志）

倩雨添惆悵，裁雲韻致生。
春來催碧綠，秋至散彤橙。
每與騷人感，曾傳苦嘆聲。
知音塵世少，蓬轉寓前程。

右詞宗評：符合題旨。文意上，表達貼切。結構上，似缺乏主軸，稍顯零散。對仗上，第二聯末二字似不甚工整，宜再斟酌；第三聯流水對，還不錯。

左七：blues-lee

尋春春不至，深苑獨徘徊。
流浪隨雲去，踏波邀月來。
探花香暗渡，戲蝶蕊初開。
愁動千帆遠，狂歌醉幾回。

左詞宗評：詠物而篇中有人。其渾然處，更不知是物是人。通篇句句是風卻又句句是人。然其體格終嫌纖弱。

左八：泛舟採荷

瀟灑行天地，何分市與宮。
山庭輕皺綠，御苑亂飄紅。
擬做調琴客，旋成引笛童。
蘭臺公子賦，安忍辨雌雄。

左詞宗評：首句即見風意，氣象宏大。然頸聯不免濫詞浮意，今世何來「御苑」？下半四句全用典故，雖見學養；然寫「風」如此，意象豈只「終隔一層」而已。

右八左十四：鐵琴銅劍（戴光明）

月夜西風起，隨之覽宇寰。
周流遊八極，緬邈繞三關。
倏忽旋天際，蕭然息海灣。
今宵詩興發，揮筆趁身閑。

左詞宗評：隨風遨遊，空闊之象，自有胸襟。然以詩意而言，中幅二聯四句，皆就大空間著筆，平鋪而少變化，尾聯亦是俗套。

右詞宗評：以主題「風」帶人入虛幻之境，設想出奇，符合題旨。文意上，表達頗具巧思。結構上，第七句稍弱，無法收轉前六句。對仗上，第三聯不甚工整，首二字似宜再斟酌。

左九：blues-lee

三更思欲碎，颯颯切窗聲。
吹破愁人夢，喚醒遊子情。
移雲花影動，撈月水紋驚。
寂寞梧桐雨，空階滴到明。

左詞宗評：景中情，情中景。非僅寫物而已。中幅二聯頗有巧思，尾聯則不免離題。

右九：風言（古自立）

一怒禍山川，誰知我亦憐？
殃民非所願，伐木受牽連。
來去雖無意，歡欣總不全。
當權期自省，引誡護天然。

右詞宗評：符合題旨。文意上，藉主題「風」以表達諷刺，構思頗佳，然稍顯淺露。結構妥貼。對仗上，第二聯不甚工整，第三聯氣體過虛，皆宜再斟酌。

左十右十四：嗥月者（楊瑞航）

柳絮因君起，桃花帶笑開。
恍如新客至，猶似故人來。
勁竹敲天韻，飄篷表世哀。
馮詞春水皺，一去幾曾回。

左詞宗評：化典而起，風已在言外。景聯擬人而有妙趣。腹聯，故意而已。篷字當為蓬之誤。尾聯化用馮延巳詞意，卻不通透。皺字當為皺之誤。

右詞宗評：符合題旨。文意上，表達貼切。結構上，第七、八句之間似缺聯繫，宜再斟酌。對仗上，第三聯下句（第六句）用字疑有誤，似宜再斟酌。

右十：子樂（林智鴻）

花望傳馥芬，水恨弄波紋。
秋去掃紅葉，春來吹白雲。
人情誰把握？世事自耕耘。
瀟灑身無定，逍遙意不群！

右詞宗評：符合題旨。文意上，第三聯之意頗佳，但似與主題「風」不甚貼切，末二句詩味亦佳。結構完整，安排妥貼。對仗工整。修辭上，第一、二句似宜再斟酌。

左十一：阿邦（文震邦）

向晚簾櫳動，登樓四望遙。
參差林亂影，澎湃稻成潮。
萬里長沙瀉，千秋暑氣消。
且邀池畔柳，舞罷共歌謠。

左詞宗評：首句已見風意，善乎起筆。次句下開風過之象，篇法甚嚴。腹聯雖能推開，出於想像，然「千秋」乃敗筆。千秋非指秋季，不如「三秋」貼切。尾聯「歌謠」意無著落，不免拼湊。

右十一：翟家光（鄭存耀）

不動如無物，加強萬里驚。
催花時有信，偃草德成名。
解慍熏徐至，生涼惠愛清。
故人來月下，簾外又鈴鳴。

右詞宗評：符合題旨。文意上，第七、八句詩味頗佳。結構妥貼。對仗上，第二聯第四句文意甚佳，惜第三句不能與之相匹敵，宜用相當之典作對。

左十二右十二：子樂（林智鴻）

休覓余蹤影，身輕仙一般。
隨雲飛北海，伴月出天山。
麻索安能絆？銅牢不可關。
恬然心自適，遊戲在人間。

左詞宗評：寓言為體，想像入奇，頗見詼諧之趣，然其格不高。

右詞宗評：以擬人化手法寫主題「風」，符合題旨。文意上，表達貼切，但第五、六句表達不夠清晰。結構完整，安排妥貼。對仗上，第三聯，似宜再斟酌。

左十三：風雲（吳俊男）

隨春拂郊野，次第綻群花。
起舞同朝蝶，哼歌戲暮霞。
悠悠天地闊，耿耿月星華。
俯仰當如意，不親豪富家。

左詞宗評：春風薰人，頗見溫馨之象。然平正無奇，稍乏新意。「哼歌」畢竟失雅。腹聯亦迂闊不切題。詠物之作，當求不即不離。

右十三：龍文鴛侶

不寫歪詩久，如沉亂世深。
宵寒三國志，日暖萬家心。
天地牢籠鐵，人生歲月金。
秋來憑感慨，落葉已多侵。

右詞宗評：以主題「風」寄慨，別出心裁，符合題旨，第三聯文意頗佳，但與主題「風」似不甚貼切。結構完整，安排妥貼。對仗上，第二聯似不夠整，宜再斟酌。

27

雅集四週年新秀組徵詩（二〇〇六年二月十九日成績公告）

詩　題：魚，五言絕句。自由擇韻。

左詞宗：李德儒先生（紐約紐約詩畫琴棋會副會長、網路古典詩詞雅集版主）

右詞宗：張允中先生（詩人、小說作家）

左元：古渡（徐炎鑫）

漫游多結伴，逆浪共沈浮。
相忘江湖裡，龍門去路悠。

右元：錦瑟

璃缸置案邊，曳尾舞翩然。
何歎滄浪遠，清心濯眼前。

右詞宗評：案前一缸魚即可見天機，以小見大，命意甚佳。
唯璃缸二字略嫌刻意而已。

左眼：種花

一任水中遊，北冥何自由；
鵬摶九萬里，莽莽更何求？

右眼左花：香港人（黃力生）

鱗光生日曜，鰭影動雲流。
懶理洪濤蕩，悠然樂自酬。

右詞宗評：自在悠然讀之頗有閒適之感，然而「生日曜」、「懶理」皆可再作精煉。

右花：拾荒樵夫

江河任我歸，水裡迅如飛。
去住陪船渡，晨昏伴日暉。

右詞宗評：命意與第二名類似，惜乎轉合二字略嫌乏力。

右四：拾荒樵夫

血肉作盤餐，留魂映水寒。
祈君存善德，網釣莫心殘。

右詞宗評：為魚請命，一派慈悲，然而次句映字太怪。轉合太白，宜加修正。

左四：種花

濠梁辯我樂，莊惠不知愁；
老子烹鮮急，吾民誰解憂？

左五：阿邦（文震邦）

悠然過急川，剪月憩清漣，
棹響何須逸，或爲蘇子船。

右五：拾荒樵夫

大海漫遨游，紅塵我不愁。
龍門飛躍過，自在喜悠悠。

右詞宗評：本詩基本上甚是平穩，命意未足言新，且末句略有湊句之嫌。

28

丙戌春季徵詩活動（二〇〇六年六月十九日成績公告）

詩　題：雨後，七言絕句，限平聲十三元韻。

左詞宗：張國裕先生（台北天籟吟社社長）

右詞宗：林正三先生（台灣瀛社詩學會理事長）

左元：風雲（吳俊男）

濕雲收盡日暾暾，一樹櫻花著淚痕。
春好鶯啼雙燕掠，倚欄獨立暗銷魂。

左詞宗評：起句巧點「雨後」題意，妙！意境清高！

右元：阿邦（文震邦）

雲霧未開天色昏，綠枝輕顫水留痕。
塵襟暫伴湖心靜，此夜瀟瀟何處村。

右詞宗評：修辭造語，甚見凝鍊，著意亦有高致。
左詞宗評：「天」字作「野」字亦可。「此夜瀟瀟」似屬「雨中」。

左眼：梁津

一洗山青綠滿村，嬌花含淚動詩魂。
心隨鳥語高低躍，喜見斜暉入院門。

左詞宗評：意境不俗，承句亦可詠為「花猶含淚盪詩魂」。

右眼左四：錦瑟

湘妃昨夜拭啼痕，晨起晴光鬧小軒。
翠減紅疏仍別致，悲歡眼底更銷魂。

右詞宗評：善於發端。
左詞宗評：「拭啼痕」喻雨後，巧！

左花：掬風臥雲（陳麒盟）

賡霆初霽翠盈園，草木欣然鳥語喧。
願得甘霖恆潤澤，蠲心滌性慧長存。

左詞宗評：轉句「恆潤澤」，不如用「時潤澤」。

右花左五：顧曲

清明雨歇近黃昏，柳絮飄零欲斷魂。
縱目家山雲海隔，依依舊夢總留痕。

右詞宗評：詞語穩健，敘事條達。
左詞宗評：起句點題後順勢揮毫，好！

右四：阿邦（文震邦）

隨風聚散恨無根，一夜瀟瀟更斷魂。
憑牖漫看煙水色，又催車馬過城門。

右詞宗評：層次分明，唯「恨」字如改成「本」字，曾較佳。

右五：古渡（徐炎鑫）

油油新綠滿郊原，一水漲迴溪澗喧。
如洗碧空飛片絮，山樓霞映向黃昏。

右詞宗評：善於摹景而不造作。

左六右十二：翟家光（鄭存耀）

殘滴階前未滅痕，小蛙聲噪倍銷魂。
最憐芳草連天碧，不盡萋萋映日暄。

左詞宗評：「未滅痕」可否寫作「認舊痕」？

右六：任風塵

潤物無聲過小園，檐前宛落一簾軒。
珠凝葉重枝難耐，壓得蠻腰盡倚垣。

右詞宗評：描寫物象入微。

左七右八：拾荒樵夫

晴初煙景翠丘園，百囀鶯聲樹裡喧。
遠處輕虹隨暮去，殘花逐水入愁痕。

左詞宗評：「晴初」，或作「初晴」較順。
右詞宗評：寫景有得。

右七左十一：陳靄文

曉起憑軒聽鳥喧，連宵淅瀝叩窗門。
花開小徑紅猶濕，嫩柳枝留不斷魂。

右詞宗評：象由心造，心喜則喜，心憂則憂。
左詞宗評：「鳥喧」可解為晴。「嫩柳」可寫作「弱柳」。

左八：張有政

雨霽晴光透綠軒，涼風翦翦翠華翻。
圓荷款擺晶珠滾，吐納清心快意言。

左詞宗評：句子老練。

左九：苦竹

雨歇風平石氣溫，袈裟斑駁有春痕。
收經不去敲雲板，卻看晴紅掩寺門。

左詞宗評：寫淨域雨後甚妙。

右九左十三：吳東晟

新晴不見舊啼痕，寂寂都無昨日恩。
偶觸黃花驚濺雨，依然忍淚憶王孫。

右詞宗評：觸景懷人，情深意摯。
左詞宗評：起句巧點題目。

左十：壯齋（李知灝）

且欣屋漏未盈盆，雨後芭蕉難復喧。
洗卻沙塵天地淨，春城處處似桃源。

左詞宗評：「未盈盆」可再斟酌。「難復喧」可以作「不復喧」。

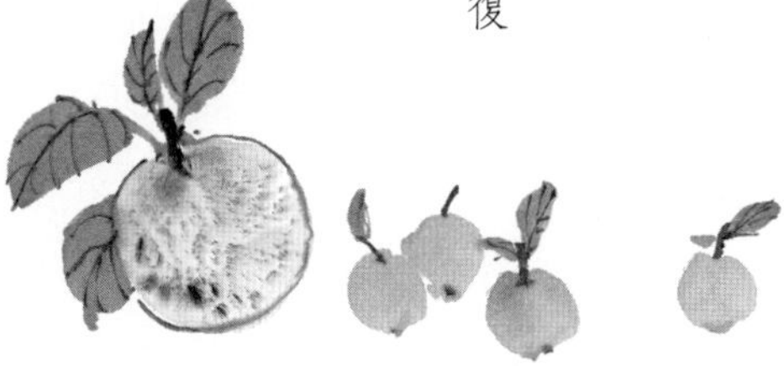

右十：亞中（鍾一暉）

珠淌琉璃未滅痕，數蛙沼澤又爭喧。
東風莫挽三春逝，滿地殘紅欲斷魂。

右詞宗評：善切雨後之景。

左詞宗評：轉句欠妥。

右十一：汨羅江

竹枝搖曳送黃昏，雨霽雲收月映門，
待看明朝晴更好，邀朋拾級賞朝暾。

左詞宗評：轉結重用「朝」字，結句改「清暾」亦可。

左十二：風言（古自立）

一陣烏雲大地呑，芸窗轉眼似黃昏。
風斜不減淩雲志，雨後春秋更動魂。

右十三：吳詮高

潤物無聲降小園。和泥催筍露芽根。
落紅含怨黏詩屐。滿樹梨花帶淚痕。

左詞宗評：雨似未停。

左十四：逸之

晚煙收雨入春暄。新漲隨潮認石痕。
兩岸啼鵑頻喚客，可憐難覓舊庭園。

右十四：錦瑟

新晴春水碧潺湲，三五游魚自鬧喧。
帶淚杜鵑方勃勃，參差鏡影對無言。

左詞宗評：魚應該不會「喧」。

左十五：竹塘立影（廖明輝）

一瓢天水潑黃昏，雨後花蹊雙屐痕，
欲賦飄零思黛玉，而今誰解葬香魂。

左詞宗評：承句或可作「印屐痕」。

右十五：維仁

誰爲殘枝拭淚痕？落花滿地碎黃昏。
無情最是行人履，帶水沾泥踐玉魂。

29

丙戌夏季徵詩活動（二〇〇六年八月十四日成績公告）

詩　題：聞蟬，五言絕句（今絕），限五歌韻。

左詞宗：林恭祖先生（詩人，前《中華詩學》、《乾坤詩刊》主編）

右詞宗：張夢機先生（中央大學中文系教授）

左元右十四：一方（周煒強）

一蟬興浩歌，遠近續吟哦。
誰說清音少，風吹響更多。

左詞宗評：意境超邁，並有流水穿石之妙。

右元：掬風臥雲（陳麒盟）

臨風聽逸韻，嘒嘒噪山窩。
絕調悠揚曲，舒懷雅興多。

左眼右十五：故紙堆中人（張富鈞）

幽居清晝永，簷下聽蟬歌。
但得羲皇趣，遊雲不必多。

左詞宗評：聞蟬而得羲皇之趣，天人共賞之筆也。

右眼：錦瑟

抱樹自高歌，清風相應和。
誰人堪解語，總是費吟哦。

左花右廿一：亞中（鍾一暉）

響徹楓林外，鳴蟬向晚歌。
聲嘶悲別恨，愧不識霜娥。

左詞宗評：怨而不恨，霜娥應有悔意。

右花左十八：玲玲（李玲玲）

遙聞翳葉歌，嘒嘒感愁多，
入耳猶輕訴，華年莫錯過。

左詞宗評：音波環繞，如吟如訴為年華。

左四右六：亞中（鍾一暉）

高柳蟬鳴遠，隨風蕩碧波。
聲聲邀朗月，清夜訪新荷。

左詞宗評：寄託遙深，月可引為知己。

右四：沙鷗

綠蔭透悲歌，如嘆拓落多。
憐其身世苦，終日尚吟哦。

左五：風言（古自立）

蟬兒柳上歌，伴我共吟哦。
多少紅塵事，皆如羽化過。

左詞宗評：經紅塵而不染，可羽化而登仙。

右五：子樂（林智鴻）

曲動葉婆娑，秋來恨幾多？
聲聲盡哀婉，可是憶秦娥？

左六：任風塵

一身輕翅薄，幾夢著愁羅。
不是螳螂伺，虛懷早放歌。

左詞宗評：虛懷若谷，體物有聲。

左七：子惟（張允中）

知了窗紗外，瀟瀟午雨過，
憐君高望遠，無暇賞清荷。

左詞宗評：此乃叩寂寞以求音之作也。

右七左十七：五湖散人（戴光明）

一夏嘶鳴苦，知音有幾多？
高標韻清絕，流響振山阿。

左詞宗評：感物之情，以清絕為高標。

左八：淡淡清風

泛舟剪綠波，輕唱採蓮歌，
林上蟬鳴起，鄉間野興多。

左詞宗評：與物共遊，野興不淺。

右八左十一：沙鷗

炎陽奈若何，綠蔭透蟬歌。
吟詠生之樂，青春莫錯過。

左詞宗評：物以生為樂，長樂，故青春長在。

左九右十七：風雲（吳俊男）

棲杪鳴清響，應爲警世歌。
解君知了意，志在醒南柯。

左詞宗評：悟物之情，情在詩外。

右九：嗥月者（楊瑞航）

又鳴槐樹上，倦客倍磋砣。
叫出聲聲苦，爲誰惹恨多。

左十右十九：故紙堆中人（張富鈞）

窗窄晴光淺，院疏蟬嘒多。
蘧然覺天晚，雲際露姮娥。

左詞宗評：蟬非嘒黃昏，似為迎娥而作。

右十：桐花書生

思鄉蟬未覺，屢唱故山歌。
愁就信風問，庭花開了麼？

右十一左十九：翟家光（鄭存耀）

不斷蟬聲噪，誰知欲訴何。
豈忘槐樹下，客夢尚南柯。

左詞宗評：為萬物而高歌，非為一己而傾訴。

左十二：梁津

一鳴千樹和，風暖助長歌；
憐此愁聲切，休言感慨多。

左詞宗評：蟬為萬物而吟，聲何淒切。

右十二：掬風臥雲（陳麒盟）

嘒嘒悠揚韻，居高樂唱和。

如琴天籟曲，遣興爽吟哦。

左十三右二十：噪月者（楊瑞航）

烈日印清波，蜩螗樹上歌。

幽人閒石臥，噪醒一南柯。

左詞宗評：蟬聲可悟，南柯非夢也。

右十三：錦瑟

自夏延秋節，流光一眨過。

餘生何短暫，歡唱莫蹉跎。

左十四：張有政

竹露飄青韻，蟬鳴動綠波；
陶然知了樂，競響勝金鑼。

左詞宗評：知了之樂，以樂為吟。

左十五右廿二：古渡（徐炎鑫）

午夢斷南柯，飄來玄鬢哦；
清吟牽旅思，日落影婆娑。

左詞宗評：清吟牽旅思，「牽」有悟力。

左十六：五湖散人（戴光明）

湖畔柳婆娑，南風醉綠荷。
身閒心自適，靜坐聽蟬歌。

左詞宗評：悠然自得之情，坐亦生風。

右十六：維仁

獨嘯在高柯，聲中快意多。
螳螂暗窺伺，得志莫狂歌。

右十八：吳銓高

新蟬咽舊柯，催夏奏驪歌。
畢業分飛燕。今嗟白髮多。

左二十：顧曲

久有鯤鵬志，凌雲上錦柯。
高寒無懼怯，吟唱大風歌。
左詞宗評：萬物皆有向上之心，蟬亦如是。

左廿一：任風塵

響徹淩霄夢，吟來楚客歌。
曲中人意會，知了但如何。

左詞宗評：蟬與楚客互應，夢亦隨之。

左廿二：香港人（黃力生）

天籟漫蒼坡，蟬聲占幾多，
聞時如悵惘，好事定當磨。

左詞宗評：「蟬聲占幾多」句甚佳，落筆須再斟酌。

左廿三：子樂（林智鴻）

高處苦吟哦，悲情料想多，
青春殊可愛，奮起莫磋跎！

左詞宗評：「高處苦吟哦」指蟬；悲情句推及人類。

右廿三：古渡（徐炎鑫）

烈日燃郊野，群禽歇嘯歌；
惟君呼唱伴，抱葉互酬和。

左廿四：香港人（黃力生）

風撩萬籟歌，引我顧長坡，
樹影婆娑處，鳴蟬有幾多。

左詞宗評：此乃仁民愛物之心也。

右廿四：建民

庭園聲唧唧，殘夏客愁多，
憔悴物增色，徬徨人奈何。

左廿五：李居隱

夏夜清和在，青蟬處處歌，
春心鳴不盡，寂寞更包羅。
左詞宗評：春心鳴不盡，包羅寂寞又如何？

右廿五：翟善強

六十年前夏，全班共賞荷。
今朝聽蟬唱，同學已無多。

30

丙戌夏季新秀組徵詩（二〇〇六年八月十三日成績公告）

詩　題：晨起，七絕。限上平四支及下平十一尤韻。

天詞宗：廖明輝先生（網路古典詩詞雅集版主）

地詞宗：吳東晟先生

（實踐大學高雄校區通識中心兼任講師）

人詞宗：李知灝先生（網路古典詩詞雅集版主、

中正大學中文系講師）

第一名：鶯舲

明窗薄幔透丹曦，鬢髮梳齊粉未施。
爐上咖啡香四溢，漫翻書報度閒時。

天詞宗評：雖以平常語寫家常事，文字間卻有一份久被遺忘的閒適與從容。

地詞宗評：有情致。

人詞宗評：章法完整，布爾喬亞現代生活之最佳寫照。

第二名：建民

微光一抹自和柔，敲醒晨鐘睡意收。
終是貧生隨轉燭，不堪勞碌幾時休。

天詞宗評：以燭火明滅象徵生命之飄搖歷程，比之法。勞碌幾時休，卻又是大部分人一輩子的問號，頗能引發共鳴。

地詞宗評：「和柔」略嫌湊韻。轉結二句透出無奈認命之感。

人詞宗評：首句未洽。

第三名：眞溶

漏盡雞鳴夢醒時，嬌軀慵懶意神馳。
梳妝尙轉千般緒，是否周全未可知。

天詞宗評：一份女子心思躍然紙上，堪稱傳神。

地詞宗評：起句三意象失之重複，「神馳」用於此處未妥。轉句似寫梳蓬頭，理緒不易。

人詞宗評：「嬌」字未洽。

第四名：一善（林志賢）

總任啁啾喚懶兒，今朝卯起探新枝。
迎人晨雀歌還甚，語我憐春且及時。

天詞宗評：假借鳥語委婉道出與普世價值觀不同之及時行樂的渴望，得曲之旨。

地詞宗評：起句仍有鑿痕，「探新枝」略嫌湊韻。結句有奮勉意。

人詞宗評：末句佳。

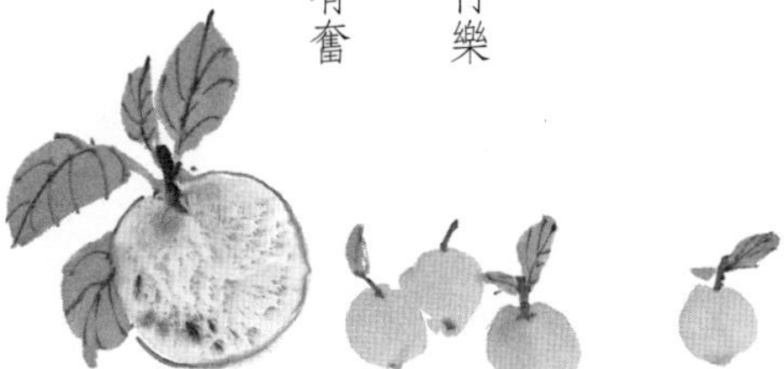

第五名：翟善強

冷氣機停屋轉幽，朝陽初夏尚溫柔。
開門鳥噪雛先去，上路車遲霧未收。

地詞宗評：起句甚佳。全詩頗有韻致。

人詞宗評：三句比擬未洽。新事物入詩宜美，方可感人。

第六名：種花

曉色初臨夜黯收，一天風物又從頭。
晨梳理罷閒窗坐，遙看京華第一樓。

天詞宗評：使轉頗為流暢，鏡頭由第三句窗口逐漸向遠處京華第一樓聚焦，以空間換得餘韻，不錯的筆法。

地詞宗評：「夜黯」不若「闇夜」自然。「風物」失之虛。「晨梳」處當易一成詞較佳。轉結二句有現代情致。惜「一」字重出，第二句當可再修改。

人詞宗評：「一」字可避而重。三句未洽。

第七名：翟善強

洗淨容顏對鏡時，粉勻雙頰抹胭脂。
弄妝忽記東鄰約，今早打球休畫眉。

地詞宗評：語感流暢自然，詩情頗富現代人生活情趣。

人詞宗評：有新意，宜再凝鍊。

第八名：左輔星

海出晨霞鳥語柔，晴空冉步踏林丘。
朝霑湛露身輕健，放眼城鄉景緻收。

地詞宗評：首句寫海不妥。蓋海極遠，而後三句所述則不覺其遠。「放眼城鄉」不過是「踏林丘」所致耳。「晴空」改換為其他意象，「冉步」不自然，「踏」易為「陟」或「入」何如？結句失之俚，亦失之講。

人詞宗評：氣象開闊，又兼健身，有晨起之精神。

第九名：陳靄文

殘墨猶香破曉時，銀河半落影參差。
雞鳴星黯悲牛女，樓外空懸七彩帷。

天詞宗評：此作以情縛著傳說潛行，字句間有著淡淡哀傷游移。

地詞宗評：雖寫晨起，詩中俱寫星沉。一股悲傷氣息溢於詩中。惟起句似是熬夜、不似晨起。

人詞宗評：末句收拾略微倉促。有日本七夕祭之境。

第十名：香港人（黃力生）

多情曉月未勾留，漸噪雞鳴擾夢樓。
睡眼輕揉隨日起，清風吹走昨天愁。

天詞宗評：清風過，百煩俱消，一份輕鬆與自在於是在結句之外，蕩開。

地詞宗評：「擾夢樓」語欠自然。結句有味。

人詞宗評：清風來得突兀。可改成：「睡眼開軒筋骨暢，迎風已拂昨宵愁。」

31

丙戌秋季徵詞活動（二〇〇七年一月九日成績公告）

詞　題：桂花，不限韻。詞牌：鵲橋仙，

左詞宗：陳文華先生（淡江大學中文系教授）

右詞宗：楊淙銘先生（臺灣師範大學國文系講師）

左元右花：逸之

香浮珠蕊，霜飄金粟，招惹一襟風露。
遙憐魄瘦不勝寒，怎消得，吳剛揮斧。
廣寒仙種，幽香天謫，寥落秋心難訴。
淮南餘緒悵悠悠，料衹有，小山能賦。

右元左八：亞中（鍾一暉）

蟾宮故里，寒山逋客，疊石飛泉千樹。
輕黃淺淡曉妝成，曳倩影、盈盈栩栩。
金風爲伴，馨蘭結友，笑對晨霜夜雨。
盡將馥郁醒塵寰，問玉兔、吳剛尚斧？

左眼：竹塘立影（廖明輝）

九天碎玉，一生如雪，傲骨將霜煉魄。
當年斤斧劫餘身，莫名恨、依稀如昨。
低頭明月，仰頭明月，長記廣寒有約。
紅塵貽誤百千年，任思念、幽幽開落。

右眼：亞中（鍾一暉）

珠凝萬點，香飄千里，金蕾盈盈吐蕊。
林間幽處樂逍遙，問朗月、曾忘桂子？
芙蕖花萎，梧桐葉落，卻綻西風秋裡。
馨香何必色相迎，本無意、爭妍鬥麗。

左花：翟善強

香溫勝火，影涼如水，燈下花開似霞。
中秋桂馥冠群芳。忝王者，蘭慚蕙嘆。
霜華未起，月華無雪，冷艷輸梅將半。
玉魂原自廣寒宮；爲情故，冰心變暖。

左四右四：嗥月者（楊瑞航）

微涼天氣，蕭疏晚景，草木飄零無數。
庭廊淡淡桂枝香，怕秋盡、花開滿樹。
窗前弄影，欄邊倚月，小蕊幽情難吐。
今宵不見問花人，盡寄在、寒宮深處。

左五：風雲（吳俊男）

秋宵寂靜，冰蟾皎潔，金片隨風漫舞。
古來群士競攀拏，每空歎、高枝難取。
江流日夜，人如朝露，李杜亦成丘土。
瓣香只合入杯茶，暢一飲、堪清肺腑。

右五：紀塵

荷池已黯，梅稍未雪，綠簇金黃粟蕊。
一枝輕顫遞香氛，便教那、群芳失媚。
半壺花茗，三秋願語，一味供人沈醉。
莫嗔秋色不平分，盡遜與、幽香十里。

左六：壯齋（李知灝）

牛山材盡，灞橋柳斷，微用亦遭採伐。
傳聞坎坎有吳剛，每自幸、無心向月。
斑斑皮相，猶留玉骼，復發金英碧葉。
屛籬斜倚暗飄香，怎麼個、還招蜂蝶。

右六：顧曲

枝凝朝露，葉乾宿雨，縱目輕黃璀絢。
天香裊裊盪雲煙，莫非是、登臨月殿。
珠英爲酒，清芬作茗，酥手殷勤奉獻。
如眞如幻醉醺醺，賞奇卉、終嚐夙願。

左七右十四：任風塵

斜暉映醉，西風梳漫，豈獨芙蕖妝倩。
宵來綻滿立枝頭，奈真是、曇花一現？
清秋惋約，芳華寥落，月裡憐偎冷殿。
傷情未好問姮娥，恨衹恨、庭庭深院！

右七：琳瑤

交加似翦，枝頭曉露，顆顆新珠巧綴。
金風初扇暗香來，便頓覺，身心歡悅。
斜陽倒樹，歸情繾綣，難與芳菲話別。
相逢管是有前緣，又何必，長腰攀折。

右八左九：雷壇

梓園皓月，瓊枝修影，繚繞金風玉樹。
綠茵輕染露重重，覓何處、幽香微注。
秋華盛放，良辰還待，卻是芳名千古。
任憑梅妒菊含羞，總迷住、家家戶戶。

右九左十一：顧曲

金釵晃耀，黃裙搖曳，淡抹依然出衆。
含羞答答笑盈盈，捧甘露、清香頻送。
夢中常見，眼前再現，是否花神玩弄。
此身宛若在蟾宮，問仙使、奇葩誰種。

左十：琳瑤

刀鋒四出，星簪綠鬢，玉桂枝頭著色。
西風微處醉如仙，每到處，幽香滿域。
涼雲吹夢，露傷肌粟，最是護花無力。
盛開豈有久長時，但暗裡，愁懷似織。

右十：張有政

廣寒荒闕，吳剛斧冷，空老嫦娥心魄。
零丁桂木有靈犀，落凡宇、紅塵仙客。
女夷令詔，司芳八月，萬點素金銀珀。
無如容易謝英華，靜秋夜、微風香陌。

右十一：翟善強

葉翻霞彩，蕾浮珠澤，瓊樹東籬孤潔。
一枝纔放透濃香。正玩賞，寒林昇月。
團圓節近；家鄉懷想；庭桂花應開徹。
恨無雙翼即飛歸；祇好是，魂牽夢接。

左十二右十五：香港人（黃力生）

廣寒開綻，碧虛裊繞，馥郁紅塵偷墜。
黃花白瓣各隨宜，仿誌著、風流逸事。
繁華過後，疏枝凝露，徒嘆東風枉寄。
人間天上兩相遺，且莫問、金迷紙醉。

右十二：拾荒樵夫

庭前佇立，幽香四散，凝意經霜飛度。
含羞翠袖舞金妝，看恰似、仙人醉步。
秋風拂面，如星飄落，笑望浮生歸處。
與茶共浴話情長，釀酒是、瓊漿玉露。

左十三：馨罄齋居士

尋常阡陌，縱橫交錯，總在秋時來過。
煙花正是亂天波，媚靨處，曾經聞個。
銀河忽落，星雲淡抹，飄舞瑤林素裏。
瓊樓如水了婆娑，最意裡，西風醉我。

右十三：翟家光（鄭存耀）

金風氣爽，玉輪光滿，淡淡香飄雲外。
盈盈玉露潤庭階，那金粟、當眞可愛。
蟾宮秋早，人間夜靜，萬點輕黃映翠。
不同凡卉競花魁，惱煞也、吳剛無奈。

左十四：任風塵

秋凝晚色，香浮野韻，玉顆輕黃淡白。
月中雲外幾關情，任隨得、田園巷陌！
蟾宮殿冷，吳剛斧漠，誰解木犀今夕？
丹魂總教葉枝寒，更無奈、人間咫尺。

32

雅集五週年慶徵詩活動（二〇〇七年三月四日成績公告）

詩　題：野望，七律，限東韻或侵韻。

左詞宗：顏崑陽教授（淡江大學中文系教授）

右詞宗：文幸福教授（玄奘大學中文系主任、中文研究所所長）

左元右廿：天涯海客

闌干拍遍夕陽紅，故國殘秋一望中。
廢苑半欹高塔外，荒原遙接大江東。
求魚有客彈長鋏，歸里無人唱大風。
昔日酒徒星散盡，與誰閑話論英雄。

右元左十一：水村

平生放志在山林，曳杖開懷緩步尋。
千頃稻肥黃鳥樂，連崗松茂碧雲深。
長河一線連天地，寶刹疏鐘自古今。
莫怨秋來多感慨，登高誰與共沉吟。

左眼右七：天涯海客

日月奔騰變古今，登樓望遠意沉吟。
氣寒大漠風雲闊，春老邊城草木陰。
國士千秋悲馬骨，燕臺何處有黃金。
劫波歷罷山河在，孺子難泯故國心。

右眼：掬風臥雲（陳麒盟）

拾級登臨雅興融，晴郊野望豁吟衷。
滿山煙翠繽紛裡，一地嵐光爛漫中。
日暖鮮妍春窈窕，風和駘蕩景玲瓏。
乾坤再造開新運，萬象昇平進大同。

左花右十九：李德儒

翠綠成堆入眼中，幽林老樹間花叢。
輕嵐染岫情何逸，絕巘圍湖態不同。
錦繡河山堪寄意，乾枯筆墨怎言衷。
橫流遍地知誰挽，悵倚危崖望海東。

右花：梨雲（文建華）

蕭瑟西風振衣袂，蒼茫四顧悵難禁。
蘆花溪畔蛩聲咽，雁字天涯夕靄沉。
已慣煙塵染霜鬢，聊憑楮墨託冰心。
鄉關遙隔千山外，何日歸兮舊夢尋。

左四右十四：水村

雲巒初霽景融融，雙屐行春北郭中。
阡陌亂橫千畝綠，石崖斜放一枝紅。
回聲寂靜鳩愁雨，并影呢喃燕舞風。
未是詩人無用處，聊將短句報天功。

右四：千里金

極目遙空獨醉吟，輕彈舊韻慰寒襟。
彤雲落日青山秀，綠水流霞茂木森。
寂寞三更難入夢，荒涼四野易驚心。
愁懷百感千千結，往事悠悠伴月沉。

左五：梨雲（文建華）

初冬郊野淡紗籠，不倦長流入遠空。
灰鷺翺翔寒靄外，青山憔悴亂雲中。
田間茅屋倚修竹，溪畔蘆花搖勁風。
回首海涯翻浪處，粼粼一抹夕陽紅。

右五：掬風臥雲（陳麒盟）

燕剪裁春景色深，登臨野望豁詩心。
遠峰入眼都含翠，近水舒懷盡放吟。
瑞靄如圖懸碧落，煙花似錦滿山岑。
風光萬里情何壯，滿載奚囊樂不禁。

左六右八：琳瑤

乍見晴天倍動心，梅香已透此山林。
疏屏瘦塔湖山遠，瑞雪瓊枝影像深。
翠柏截雲眞氣概，長川分域好胸襟。
騷人雅興因風發，遂把新詞付素琴。

右六左十三：李德儒

獨步城郊草木深，清風伴我靜中臨。
遠看林麓花攢簇，正値春堤柳舞金。
萬里浮雲思故國，一川碧草動鄉心。
扁舟何日過牛斗？好作滄波漁父吟。

左七：翟家光（鄭存耀）

一丸紅日爛如金，萬里平原綠滿林。
行跡莫尋蘆畔客，飛鳴忽過宇間禽。
川中奔逝驚流急，澗底滄涼落照深。
誰會高山流水意，更無人鼓伯牙琴。

左八：風雲（吳俊男）

朔風凜凜氣蕭森，落木紛然暗碧岑。
爭樹啼鴉人不畏，盤空翥鳳實難尋。
江山百載傾松柢，霜雪千層覆柏林。
誰解先儒抱麟意，荒原獨立久沉吟。

左九右十五：汨羅江

晴光搖蕩暖煙紅，又見江流下海東。
雲水蒼茫驚去燕，關山迢遞感征鴻。
風塵得失敲詩過，花事榮枯有夢同。
暮靄漸濃休眷戀，廣收野趣入吟筒。

右九左廿：陳靄文

四顧茫茫酒自斟，天邊低處起龍吟。
煙含潑墨求鋒筆，寺隱深山託遠心。
峽水終隨香草路，林鴉先佔老藤陰。
卻疑鞍馬經行久，慣與西風說古今。

左十右十三：陳靄文

舊沼荒臺入眼中，喧喧陌上已銷紅。
半分殘日黏頑樹，一片平蕪接遠風。
天地久寒餘朽木，江山多難辨英雄。
誰知翹首登高客，白髮彎弓馬向東。

右十：故紙堆中人（張富鈞）

戍壘橫空起舊吟，煙波望極感蕭森。
潮平無礙孤篷遠，天闊偏留亂嶂侵。
如此江山歸寂寞，紛然人事幻晴陰。
憑誰寄語東華主，一日春風掃厲祲。

右十一：亞中（鍾一暉）

霧籠四野晚來風，繞戶炊煙暮色融。
新月迷濛滄海上，遠山隱約靄雲中。
蘆花洲渚千重白，漁火江心幾點紅。
思念故人無訊息，一聲雁唳掠長空。

左十二右十七：汨羅江

寒林鬱鬱結層陰，世變滄桑感慨深。
江月關情穿戶牖，海波翻影阻鄉音。
千年老樹盤巖壁，百尺飛湍落澗岑。
悵望楚天歸未得，今宵有夢夢相尋。

右十二：南然（高德光）

春到郊原煙雨濛，催耕人語小橋東。
田疇應律聞蛙鼓，壟畝扶犁叱犢翁。
兩岸桃花流水綠，片帆古渡落霞紅。
雞鳴犬吠農家樂，春早人勤兆稔豐。

左十四：亞中（鍾一暉）

霜天漠漠閑雲杳，起伏山巒草木深。
風掠平原翻稻浪，霞披丘嶺染楓林。
鳥鳴野靜傳空谷，瀑瀉崖巔撼寂岑。
極目神馳忘俗慮，愧無新賦對秋吟。

左十五：顧曲

縱目郊原何所尋，連天芳草樹森森。
風光展軸群鶯舞，景色迷人紫燕臨。
野地觀花無俗氣，高山流水有知音。
雲興霞蔚迎朝日，不盡春心點點忱。

左十六：尚向陽

野望霞峰松浪湧，遙觀昃日向西沉。
菩提樹下研經卷，寶殿堂中頌戒箴。
靜裡風聲如樂韻，流邊蛙噪若鳴琴。
星河素月雲相伴，宿鳥棲鴉隱杏林。

右十六：翟善強

寒郊縱目抱憂心，雲接中東萬象陰。
落莫厭聞秋肅令，傷亡應廢歲除吟。
無因強至持論淺，一意孤行陷濘深。
恐怖主謀仍漏網，每瞻紐約恨難禁。

左十七：玲玲（李玲玲）

倚檻凝眸四野尋，草平日遠鳥歸林。
黃雲擁樹煙光薄，霞照迷江暝色深。
博厚乾坤秋滿眼，蹉跎歲月晚驚心。
忍看百業蕭條久，殷盼春回紫氣臨。

左十八：見智

欲暖還寒感不禁，東君有夢夢深深。
聊鑽故紙成書蠹，且寄空懷到鶴林。
皮相嗔癡全世界，桃源虛實一冰心。
坐看雲起無多事，漫聽窗風細細吟。

右十八：香港人（黃力生）

萬里霓旌萬里風，雲翔翦嶺泛微紅。
含煙柳拂逍遙水，掠影鴉喧湛寂空。
溪入疏林羞見客，梅稱傲骨怕生蟲。
頑蛛早把乾坤弄，半壁河山一網中。

左十九：拾荒樵夫

寒梅映雪漸殘紅，喜望春山燕侶同。
百囀鶯聲環路徑，雙飛蝶舞繞芳叢。
千株綠柳橫河岸，幾簇香蘭出谷中。
一曲清歌閑逸趣，吟詩採夢話清風。

33

雅集五週年慶新秀組徵詩（二〇〇七年三月四日成績公告）

詩　題：晨步，七絕，限下平一先、下平八庚韻。

天詞宗：林　立教授（新加坡國立大學中文系教授、環球詩壇編委）

地詞宗：李岳儒先生（網路古典詩詞雅集版主）

人詞宗：張富鈞先生（網路古典詩詞雅集版主）

第一名：晁昊（錢瑋東）

霏微淺露攬風清，恰付朝陽第一程。
低語旁人輕步履，怕將驚起睡黃鶯。

天詞宗評：末二句雖佳，略嫌造作。「低語」若作「寄語」較佳。

第二名：天之驕女（鄭中中）

挽風踏露向山行，曉色因寒未肯明。
底事勞人艱苦甚，小城不賣落花聲。

天詞宗評：首二句佳，惜次聯意脈與之不甚連貫。

第三名：香港人（黃力生）

偶爾崎嶇偶爾平，隨風探聽曉禽聲。
沿堤慢看閑雲漾，不逐前方第一名。

天詞宗評：首尾呼應得宜，第三句較弱。

第四名：翟善強

曉陽和煦曉風輕，步出南郊見草萌。
喜鵲已知冬事了，故登枝末作春聲。

第五名：晁昊（錢瑋東）

春寒別夢踏香前，薄露依微帶遠天。
幾載芳塵搖落處，前程盡日問風煙。

第六名：之川

兩袖清風清夢境，一雙步履步人生。
身無塊壘天高遠，心有情弦共鳥鳴。

天詞宗評：稍嫌其機械，末句刻板。

第七名：天之驕女（鄭中中）

鳥語關關醒好眠，軟鞋踏破五更天。
跋山步履依然健，豈畏征途路八千。

天詞宗評：私意認為語意過硬。

第八名：一善（林志賢）

鳥宿雞啼犬躍前，晨時踏露最悠然。
平生且勿多貪夢，不識人間別有天。

第九名：拾荒樵夫

晨曦射影漫清煙，獨步山梯直向天。
露就晶光賒翠色，擬詩尋夢彩雲邊。

34

丁亥春季徵詩活動（二〇〇七年五月二十日成績公告）

詩　題：春夜，五律，限魚韻或陽韻。

左詞宗：曾人口先生（中華民國傳統詩學會顧問）

右詞宗：徐國能先生（臺灣師範大學國文系助理教授）

左詞宗擬作：曾人口

陽春煙景麗，豪富夜傾觴。
邀月青蓮醉，憂時子美忙。
尋芳歡巨賈，失夜怨才郎。
有客深宵渡，無愁葬海洋。

左元右四：香港人（黃力生）

春心明月浴，難滌鬢邊霜。
青鳥巢何遠，鄉關夢更長。
風涼生又止，幌薄合還張。
檻外楊絲影，賒來續寸腸。

左詞宗評：鄉關夢長，柳絲以續，頗富巧思。

右元：翟家光（鄭存耀）

萬里青天淨，一輪素月光。
河清雲映白，風靜玉生香。
酒氣花間發，琴聲竹裡揚。
人憐春日暖，我愛夜多長。

左眼：月來花弄影

飄泊人千里，淒涼靜夜初。
相思頻寄月，寂寞只翻書。
心事憑誰訴？情腸任酒舒。
故人鴻雁至，屢問近何如。

左詞宗評：相思寄月，寂寞翻書，旅夜思遠躍然紙上。「鴻雁」雖指書信，然意象為秋，或可以「青鳥」代之。

右眼：野音

窗前桌豆光，將冊讀來章。
戸外春剛近，塘邊夜似常。
未逢秋水亮，還遇芰荷芳。
依舊微風拂，時而淡淡涼。

左花：顧曲

月照樓台寂，沖襟獨自如。
千思凝一夢，萬里託雙魚。
未怯重洋遠，何愁故影疏。
春寒人不覺，忽報五更初。

左詞宗評：重洋遠隔，萬里相思，卻沖襟自如，亦一豁達之人也。

右花：天之驕女（鄭中中）

春夜他鄉客，吟聲暢有餘。
殷勤遊子意，省識故人書。
月去蒼松在，雲來細雨舒。
相思孤寂裡，養性自如如。

左四：翟善強

越洋偷渡客，春夜困蝸居。
法網提心膽，奴工作馬驢。
鶯花仙境渺，風月夢鄉虛。
燈下回娘信，衣寬不敢書。

左詞宗評：借題發揮寫出時代怪狀，似勝乎無病呻吟者。

左五：梁津

春眠花氣長，驚夢怨蟾光。
獨枕消殘夜，孤燈照冷床。
魂輕飛故里，意倦困他鄉。
輾轉無歸處，愁心欲斷腸。

左詞宗評：以花氣寫春，孤燈寫夜，因月思鄉而難眠，頗合邏輯思維。

右五：壯齋（李知灝）

邀月偏無月，星微視昧茫。
澄心園徑在，闔目蟈鳴彰。
影動沾蛛網，枝搖散蕊香。
舉杯皆興味，何必執春光。

左六：翟善強

誰道春宵短，中東苦夜長。
征夫懷舊夢，鄰婦哭新亡。
彈炸星辰震，草深蛇鼠狂。
杜鵑啼五載，歸去尚無望。

左詞宗評：中東夜長，古今騷人非戰之思想如出一轍。

右六：阿邦（文震邦）

潺湲從遠壑，疑是雪融初。
風度微香冷，雲開細葉疏。
新苞來老木，舊燕臥高廬。
月下皆春意，渾忘案上書。

左七：李德儒

信步河堤路，月殘殊未央。
雲飛星斗暗，風動水聲長。
難覓鄉園夢，還驚料峭霜。
回頭空顧影，誰慰客心腸？

左詞宗評：頷聯自然，頸聯「霜」字似有商榷之餘地。

右七左二十：子惟（張允中）

一盞新茶暖，清宵味淡如。
風輕撓客夢，花靜沁詩廬。
滌俗三分月，怡情一卷書。
心閒春不老，人事莫唏噓。

左詞宗評：怡情有書，心閒春常在，人事大可不管矣！「一盞」或可用「盞裡」。

左八：見智

和風催淑氣，沃野整新裝。
綠蔚冰心暖，雲幽月色涼。
煙波故園漲，奕局兩頭僵。
燈掌隆中對，臥龍遺恨長。

左詞宗評：事成僵局，豈一臥龍所能解開，古今之感慨同也。

右八：阿邦（文震邦）

花叢蜂已去，嫩樹亂無行。
映水星辰暖，牽衣柳絮長。
山風催滿月，羅袖籠微香。
信可留人醉，聽春待曉陽。

左九：李德儒

料峭東河岸，盈盈落月初。
燈光隨浪湧，樹影見清疏。
晚露沾衣濕，鄉懷覓句舒。
遙憐故園夢，不肯入吾廬。

左詞宗評：春寒料峭，月落燈上，自是游子思鄉時也，不夢實夢矣！對仗稍不工。

右九左十二：逸之

雨歇三更後，寒翻二月初。
時花紛爛漫，古月自盈虛。
帶醉猶添酒，偷閑且讀書。
白頭長作客，病久世情疏。

左詞宗評：醉又添酒，難怪病矣！

左十：壯齋（李知灝）

春回甦萬籟，夜宴聚閭閻。
驚逝椒樽盡，如潮話興餘。
衣無分錦素，歡豈別簪裾。
望月姮娥悔，輕佻上太虛。

左詞宗評：夜宴而望月，由望月想起姮娥偷藥事，惟太白與義山心境不同，不可同日而語。

右十左十一：詠纓（余美瑛）

靜夜時花綻，東風漸葉舒。
苔階新綠浸，竹院淡煙疏。
地籟通斯境，清歌入我廬。
蓬萊春已至，何日化龍魚。

左詞宗評：對生機蓬勃之煙景，有無限之寄望。

右十一左十四：梨花帶雨（黃金肖）

煙冷山含月，湖平泛玉光。
風隨花氣動，波逐柳絲長。
幽客吟心曲，新蟲循古牆。
陌頭輕弄影，款款一衣香。

左詞宗評：善狀景，夜遊之興特高。

右十二：水村

山村忘歲月，新雁忽成行。
龍破僧繇壁，禽鳴謝客塘。
晚風潛化育，時雨孕文章。
釀熟鄰翁至，挑燈引興長。

左十三：風雲（吳俊男）

東君早相訪，寒氣未全除。
簾外纖纖月，房中疊疊書。
三更燈欲睡，一地影猶舒。
無意探花事，花飛入我廬。

左詞宗評：纖纖之月，疊疊之書，夜未睡也。惟東君初訪，寒氣未除，花似尚未飛也。

右十三：香港人（黃力生）

乍醒憑窗望，雲田幾畝餘。
春風吹欲散，燈飾照如初。
未逐繁華夢，猶思涸轍魚。
月盈還月缺，不減是狂疏。

右十四：野音

偶捐青篋書，春夜露輕舒。
無雨晴空蓄，有風流水儲。
迷濛星駕月，蒼瑟羽飄渠。
留有黃粱意，不知一夢徐。

左十五：老驥

冬盡憐花瘦，春來畏夜長。
愁添游子恨，淚濕野人床。
不識新衾暖，還尋舊夢香。
窺窗簾半卷，月冷暗思量。

左詞宗評：冬盡花是否瘦？游子思鄉畏夜之長，頗合情理。

右十五：錦瑟

春暮蟲鳴噪，迎風散髮徐。
遞香枝嫋曳，輝玉月清虛。
光景觀無盡，韶華盼有餘。
臨江愁滿溢，坐地擁天書。

左十六：顧曲

絲絲簾外雨，縱目盡蒼茫。
有夢尋明月，無眠思故鄉。
落花流水去，歸燕駕雲翔。
何日西窗下，傾心對燭光。

左詞宗評：蒼茫獨賦詩，杜老之心境也。歸燕「駕雲」未洽，或可用「逐風」。

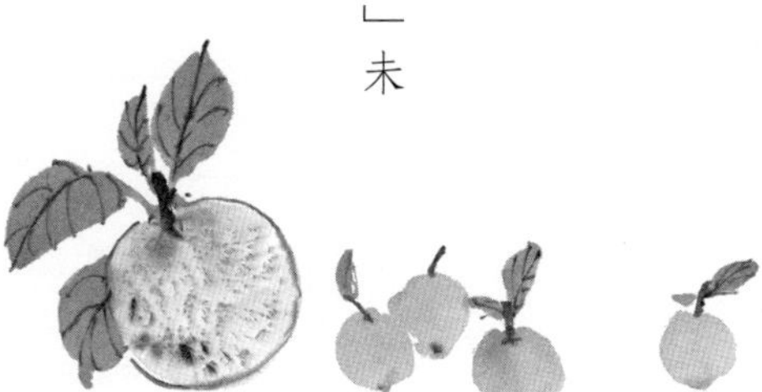

右十六：水村

風篁聲欸乃，人外愈蕭疏。
淡月流輕幕，幽香慰索居。
爝螢飛草徑，驕犬臥門閭。
負手低吟處，雞窗尚宛如。

左十七：南海布衣（孔繁文）

春開芳序好，次第滿園蔬。
花影籬邊茂，蟲聲屋外噓。
孤風三徑合，涼月一林舒。
逸意應何處，臨窗讀漢書。

左詞宗評：春寫特多，只以涼月寫夜，比重不勻，「孤風」頗費解，「茂」或可用「亂」。

右十七：掬風臥雲（陳麒盟）

春宵多勝事，逸興步蟾光。
夜色抒人客，花香滿袖囊。
吟風心繾綣，弄月意徜徉。
嘯詠情何壯，優遊樂未央。

左十八：千里金

寒宵雲鎖月，夜夢正甜香。
杜宇聲聲怨，春風陣陣涼。
離人懷故舊，浪子惦家鄉。
恨海千山隔，愁城萬里長。

左詞宗評：夜夢甜香，卻未寫出夢境，結句鬆懈。

右十八：璐西（孫秀珠）

客舍清輝照，星垂漫捲書。
聞鐘知遠岫，騷影亂寒墟。
昨夜春情動，今霄萬種舒。
心聲誰欲解，一筆入詩餘。

左十九：天涯海客

北國臨新歲，情懷異故居。
和風新草色，殘雪映衣裾。
室內瓶花發，欞邊月影虛。
一枕無痕夢，曾否到華胥？

左詞宗評：故居之夢悲，華胥之夢喜，均了無痕跡。「室內」或可用「案上」。

附錄：

網路古典詩詞雅集徵詩活動徵稿及評審程序

一、收詩：從電子郵件中收到稿件，這些詩稿都是附上作者的筆名和本名。

二、編號：逐一編號，編號時只列詩的內容，不列入作者筆名和本名。

三、聘請詞宗：分別商請詩壇名家二至三位擔任詞宗，新秀組徵詩有時也由雅集版主擔任詞宗。

四、送請評閱：將只有編號而無作者的詩稿送請詞宗評選，詞宗評選時通常並不知道另一位詞宗為誰。

五、成績整理：所有詞宗評選完畢後，由管理團隊同仁核對名次、編號、作者姓名，並印製獎狀。

六、公佈成績：每逢半週年徵詩及週年徵詩之成績於網聚當日當場發表，再公佈於雅集。一般性質之徵詩則直接公告於雅集。

七、頒獎：擇優公開於網聚時頒獎，未到場者僅寄送獎狀。獎狀、獎品、郵資之經費一律由雅集內部之經費支應。

國家圖書館出版品預行編目資料

網雅吟選：網路古典詩詞雅集徵詩活動精選集 /
楊維仁主編. -- 初版. -- 臺北市：萬卷樓, 2007.08
面；　公分
ISBN 978-957-739-605-1（平裝）

831.86　　96015132

網雅吟選
——網路古典詩詞雅集徵詩活動精選集

主　　編：楊維仁
編輯委員：李德儒．李佩玲．王凌蓮．陳耀東．李正發．吳身權．李岳儒
曾家麒．吳俊男．李知灝．張韶祁．李皇志．張富鈞
發 行 人：陳滿銘
出 版 者：萬卷樓圖書股份有限公司
臺北市羅斯福路二段41號6樓之3
電話（02）23216565．23952992
傳真（02）23944113
劃撥帳號 15624015
出版登記證：新聞局局版臺業字第5655號
網　　址：http://www.wanjuan.com.tw
E-mail　：wanjuan@tpts5.seed.net.tw
承印廠商：普賢王印刷有限公司
定　　價：280元
出版日期：2007年8月初版
ISBN 978-957-739-605-1